U0134543

香港的失落一角

那些我們更要懂的在地心理學

梁重皿、馮曉青 著

林曉敏 攝

推薦序

香港，曾經繁榮又美麗！

隨著世紀疫情一波又一波的衝擊，如今已變得千瘡百孔。人們的生活不再安穩，隨之而來的是層出不窮的社會問題。人們的情緒不再穩定，求診精神科的人數不斷上升。

是社會病了，還是人們病了，還是兩者都病了？

作為精神科醫生，我們每天都會接觸不同的個案。不論是小朋友、青少年、男人、女人、老人家，每個都有自己的故事，每個遇上的問題都不一樣。「心病有時還須心藥醫」，如果你在生活上也不幸地遇上了困擾，我會推薦這本書給你，希望你和我一樣，可以在裡面找到一些力量，去協助你解決當下的煩惱。

張正平 醫生

私人執業精神科醫生｜香港大學名譽臨床助理教授｜慈善機構「童樂行動」創辦人

自序

還記得構思這本書的時候，疫情才剛開始。

當時的創作理念簡單純粹，就只是很想為香港寫一點甚麼，留下一點甚麼。

時代變遷太快，由出生，到成長，去到改變、衰敗，以及重生。這個家，變了很多。而我們就必須學習在改變中適應，重新找到自己的方向。

然而，實在有太多的東西、太多的感受想留住，唯有通通化為文字，在回憶中默然體會。

作為一個香港人，亦作為一個臨床心理學家，我喜歡文字，亦相信文字的力量；同時，亦感激香港攝影師林曉敏與我們合作，讓這個地方的每一段故事，都能被定格於照片之中。

就姑且希望在這一個由文字及照片構成的世界，以心理學的角度重新去理解這一片土地，讓你能和我一起找到這個地方令人懷念、眷戀的事情，以及仍然抱有希望的那一點光。

但願看完本書的你，會感受到作為香港人的那一點共鳴。

讓此書獻給我最愛的地方——香港。

梁重皿

臨床心理學家

自序

這幾年，香港發生了好多事情，香港人經歷了好多。

三年疫情、大大小小的突發事故和意外，衝擊著我們每一個人的生活，震撼著我們每一個人的內心。

無論我們是男是女，是孩子、青少年、年輕人、中年人，還是老年人，誰都逃不過轉變——上學、上班時間變了；學習、工作、居住模式變了；工作性質轉型了；生活節奏調整了；社交娛樂方式改變了；旅行消費習慣不同了；舊有的街道、小店變了樣；離開的人不在了，留下來的人不再熟悉了……

轉變、適應、復常、再轉變、再適應、再復常……

我們，經歷了甚麼？感覺如何？日子過得怎麼樣？

生活彷彿是復常了，我們的身心復常了嗎？

《香港失落的一角》是一本屬於香港人的書。

打開這本書，多少需要一份好奇心和一點勇氣。一段段文字、一幀幀照片，喚起多少似曾相識的生活片段，勾起多少早已遺忘的往事回憶，觸動多少埋藏心底的感受情緒，牽動多少塵封已久的思緒疑問……

有些人事物，的確變了；有些情懷、信念原來一直都在……

香港人，不管身在何地，這些年來，我們都夠用心，都夠努力了。

就用看一本書的時間，歇一歇息，拍拍身上的塵土，調整步伐，重新找尋過日子的力量。

馮曉青

臨床心理學家

Chapter One

缺失的童年

1.1

找尋香港學童的幸福感

還記得那一年，剛畢業後便直接走進政府醫院的兒童及青少年精神科工作。剛開始的時候，戰戰兢兢，甚麼都覺得自己不足，甚麼也要努力學習。舊時的記憶片段零零碎碎，最有印象的卻是在診症室內一張又一張既疲累、欲言又止，又彷彿做錯事的童稚臉龐。

那時候的我不懂，香港的孩子為甚麼過得這麼不快樂。撇除自閉症、過度活躍/專注力不足症等神經發展障礙不說，患上抑鬱症、焦慮症、飲食失調症，以及其他精神疾病的孩子多不勝數。那些年輕鮮活的生命，本該充滿盼望與色彩，何以莫名奇妙地走進這間醫院的這個房間，面見一個陌生的姑娘，然後談論自己最痛苦的事情？孩子們到底受了什麼委屈？不能跟父母說、不能跟老師說，也不能跟朋友說？

然後，孩子們告訴我，他們活得很累。每天行程總會排得滿滿，上學下課，功輔班補習堂，音樂體育藝術缺一不可，還未包括奧數、朗誦及辯論比賽。偶爾想放空一下，卻又怕明早的功課未能準時繳交。還記得小時候，音樂考試就以牧童笛表演獨奏，那些木琴、低音大提琴、豎琴真的聞所未聞；而體育堂就隨手拿一個籃球，何須網球教練、帆船導師？或許，時代不同了，當鋼琴八級已成基礎技能時，怪不得Z世代的孩子都活得這麼累。

香港中文大學「香港亞太研究所青年研究中心」及「香港學生能力國際評估中心」於2020年合作成立研究小組，邀請中小學進行「學童身心靈健康評估計劃」。計劃是由世界衛生組織歐洲區域辦事處統籌，已有四十多個國家和地區參加，希望能協助我們更了解香港青少年於不同階段的身心健康狀況。數據反映，香港學生的整體幸福感平均值較其他地方為低，而學生的幸福感亦隨著年齡增長而下降。但假如家庭的支援水平愈高，學生的生活滿意度和自評健康狀態便愈好，顯示出家庭支援對學童精神健康發展的重要性。

精神壓力以學業為主　家人次之

香港學童的整體幸福感這麼低到底原因為何，姑且聽聽學童怎麼說。香港青年協會於2021年以問卷形式訪問了數千名中學生，了解他們的精神狀態及壓力成因。研究發現中學生面對新學年時，最擔心的往往是與學業有關的事情，包括擔心成績未如理想、功課太多欠缺私人空間、考試測驗過於密集，甚至乎擔心及怪責自己未能自律及缺乏學習動機。於全日制學生而言，一天近乎有三分之二的時間於校園裡渡過，因此校園氣氛對學生的心理狀態便極爲相關。假如學校可以營造一個「關愛」、「接納」及「支援」的氛圍，也許便能讓學生在沉重的學業壓力之下，仍然獲得一個安全及可喘息的空間，並且加強師生之間彼此了解及連繫。難怪過去總是聽到孩子們跟我分享，老師的關心、同學的支持，就是他們支撐下去的最大動力。

浸信會愛群服社會服務處「兒童及青少年身心健康服務」於2022年進行的全港中學生精神健康調查則發現，除「文憑考試」及「升學前途」之外，對學生整體精神健康情況影響最大的是「與家人的關係」。從事青少年工作多年，最常聽到孩子的心聲莫過於是控訴父母對自己的不理解及缺乏體諒。正值青春期的孩子，往往愛與父母爭奪權力、討得一個

「話事權」，以證明自己已經是一個能夠獨當一面的大人。但這種權力鬥爭，很多時為家長及子女的關係帶來不少衝擊，造成磨擦。如處理不善，便有機會影響親子關係，讓雙方漸行漸遠。更甚的是，當意見不合令情緒升溫，誤解隨之產生，有機會引發更激烈的衝突。在眾多誤會下最常聽到的情況，是一般作為父母的可能主觀地將問題歸咎於子女，認為子女「為反而反」及無理取鬧，而子女也可能有感自己成為父母的發洩對象，因而無法接收到父母努力教養的心意。

其實，不論家長或子女，在發生衝突的一刻，切忌互相指罵等激烈行為。相信大家都知道，這些無效的情緒表達方法對解決事情並無半點幫助。建議雙方各找一個冷靜空間，讓情緒先降溫，再反思一下自己的想法是否一定正確，然後學習以一個尊重雙方價值觀、以家庭和諧為本的態度出發，一同嘗試找出解決問題的方法吧。

1.2

只為快樂的遊戲Vs.
目標為本的「遊戲」

——

炎炎夏日，氣溫升得很高。

身穿黃色比卡超背心的小胖子咬著雪條向身旁的小女孩問：「畫班完了去哪裡？」女孩托一托眼鏡回答：「先去芭蕾舞學校，三點鐘有長笛練習，晚上有圍棋班，你呢？」小胖子想了想說：「我有小領袖訓練，晚上約了網球教練，九月分有比賽。喔，我的工人姐姐來了，下次見！拜拜！」

香港，一個知識形經濟主導的社會，教育孩子的聚焦往往與知識培訓有關。在這競爭激烈的環境下，父母難免希望分秒必爭，讓孩子擁有更多訓練機會，好好為將來踏入社會準備。因此，就連遊戲，很多時候也少不免與益智拉上關係。不論是棋類、桌遊，電子遊戲，抑或是不同的興趣班，通常

都會強調這個遊戲能為孩子帶來甚麼好處。有些標榜增進知識，有些則強調提升邏輯推理能力，又或者主打加強創意，甚至促進社交技巧。因為家長們往往關心的是，無論是哪一種遊戲，最好都要能與益智掛鉤，對開發孩子大腦潛能要有裨益及正面影響。即使連最簡單的砌積木遊戲，也可能要強調如何有目標地增進孩子某類能力，才能符合益智遊戲的定義。

因此，暑假一天又一天的過，香港的孩子們都過著益智、富教育意義的假期。然而，童年也就於這忙碌但充實的日子中，無聲無息地消逝。

但是，這真的是遊戲的本意嗎？又或者，遊戲其實是甚麼？

或許曾經有這麼一種日子，孩子們都在公園跑，任意地踢著足球，流著汗。又或者手執畫筆在白紙隨意塗鴉，只要心之所想，愛畫甚麼就甚麼，不用計較透視技法。甚至乎，桌上的一支鉛筆、一枚橡皮擦就可以上演一段「超人打怪獸」的戲碼。童年，沒太多練習班、也沒持續的訓練與比賽，有的只是天馬行空的創意與夢想。那時候的孩子不為學習而玩樂，也不為了能力發展、前途、成就而玩樂，單純地，心無旁騖地為快樂而玩樂。

遊戲不應設限

遊戲，是與生俱來的一種能力，亦是孩子們天生的語言。學者們一致認為，遊戲是一種自發、由孩子主導、自我娛樂的行為。對0至7歲的孩子來說，遊戲有助腦部發展(Byres, 1998)。透過遊戲，孩子能自我增長、自我實現及自我表達。遊戲亦有助孩子們學習調節情緒，容讓他們將壓力、焦慮、憤怒等情緒表達。除此以外，遊戲更可加強孩子與他人聯繫，同時亦能激發創造力、提升自信心及建構自我(Landreth, 2002；Russ, 2004)。由此可見，遊戲於兒童成長極為重要，與他們的生理、心理及社交發展有莫大關係。

既然遊戲如此重要，不少家長也因而嘗試為孩子安排「遊戲」時間。曾聽過不少家長分享讓孩子「玩」樂器、「玩」體育、「玩」桌遊學英文生字，這些不也是遊戲嗎？

誠然學樂器、參與體育訓練等，這些都是益智及有助孩子於不同範疇發展的活動，箇中亦可能充滿樂趣。不過，值得留意的是，這些「遊戲」往往有一個特定「對」的方式去進行，樂器應該用一個「對」的方式去演奏，運動也要有正確的姿勢及規則。這些「遊戲」具規範，著重跟從指示、訓練及規矩，因而與之前提及的遊戲並不相同。再者，這樣的「遊戲」往往背後帶有目的，即使不一定期望孩子要參加比賽獲取佳績，也會至少希望他們達到某種程度，或培養一樣手藝或技巧。若然以這種心態進行「遊戲」活動，與單純為遊戲而遊戲，絕不相同。

因為最原始、最純粹的遊戲，並無對錯之分，不重視結果，只在乎過程。相信只要在遊戲中，孩子就能自然地茁壯成長。

隨著重知識灌輸的教育方式愈來愈普及，幼稚園的小朋友已經學會了不少天文地理、中英文生字，課餘時間也堆滿了興趣班、運動訓練。相對地，原始、純粹的遊戲時間便愈縮愈少。隨之，學者們便開始發現，當遊戲時間愈來愈少，孩子的心理健康也會受到影響。有研究甚至指出，喪失遊戲時間的兒童會變得較為暴力（Hughes, 2003），亦較容易有抑鬱的情緒（Huttenmoser et al., 1995）。

近年，香港社會上亦出現了一個頗為「怪異」的現象，也就是遊戲治療的盛行，尤其是兒童為本遊戲治療（Child-Centered Play Therapy）。兒童為本遊戲治療是一種非指導性或非結構化的遊戲治療，讓兒童於安全且正面的環境下自由表達及進行遊戲，從而協助受困擾的孩子改善行為、建立自信，在情緒及心理上健康地成長。

當然，遊戲治療與普通遊戲過程並不相同。不過，遊戲治療師卻也是根據系統化的理論，及透過不同的技巧，從而借助遊戲本身具治療功效的力量，讓孩子在一個安全而不帶批判的環境下學習表達自己。由此可見，遊戲治療師只是治療中的催化劑，而兒童為本的遊戲才是真正的良藥。

遊戲，是一種本能。自幾千年以來，從來不需要別人教授，卻一直存在於每一個人的童年回憶中。只是當我們逐漸成長，電子遊戲、智能手機、平板電腦、社會、文化、學業、工作、規矩，慢慢地將這種本能蠶食。

你，還記得上一次為快樂而遊戲，為遊戲而遊戲，是甚麼時候嗎？
你，現在還擁有這種遊戲的能力嗎？
成年後的我們，是否早早已將遊戲的本意遺忘，變成了一個又一個不懂得遊戲的大人？

假如可以，有時候孩子的童年，不一定分分秒秒都要益智。就請別再剝削兒童遊戲的權利了。

參考資料：

Byers, J.A. (1998). *The biology of human play.* Child Development, 69, 599-600.

Hughes, F. (2003). Sensitivity to the social and cultural contexts of the play of young children, In J. Isenberg & L. Jalongo (Eds.), *Major Trends and Issues in early Childhood: Challenges, controversies and insights* (pp.126-135). New York: Teachers College Press.

Landreth, G. L. (2002). *Play therapy: The art of the relationship*. New York, NY: Brunner-Ruttledge.

Russ, S. W. (2004). P*lay in child development and psychotherapy: Toward empirically supported practice*. Mahwah, NJ: Lawrence Erlbaum Associates, Publishers.

1.3

我的玩伴是手遊

「一於今晚八點！」同學A說。「無問題，今晚線上見！」同學B和應。

他站在一旁，默默觀察著，無語。回家的路漫長，書包好沉，心很累；沿路聽著的歌，完美地隔絕了外界的煩擾。一個半小時後回到家，他無視母親的呼喚，直接走進自己的房間。

關上門，關了燈，掏出手機，登入遊戲平台，看著熟悉的名字陸續加入，原本木無表情的面容，終於流露出一絲笑容。

母親看著緊關的房門，無語。

由小學五年級開始，兒子就「十問九唔應」。現在中一了，情況更加惡劣，每天放學就只躲在房間打機，以前也會出來吃晚飯，現在有時候連房門也不出了。學業差、沒朋友、功課不做、做甚麼都沒動力。勸也勸過，罵也罵過，甚麼都不管用，她只能乾著急，不明所以，不知如何是好。

她真的好恨那部手機，硬生生的把孩子奪走。

打機同時滿足社交與成就感

隨著電子遊戲愈來愈盛行，各式各樣的電子遊戲令香港的孩子們玩到機不離手。

香港城市大學社會及行為科學系研究團隊與香港路德會於2021年向學前兒童的家長進行問卷調查，希望進一步探討電子遊戲對孩子發展的影響。研究發現，接近兩成的兒童玩電子遊戲的時間超出世衛建議每日少於60分鐘的標準。究竟，電子遊戲有甚麼吸引之處，而打電玩又是否一定對孩子有負面影響呢？

在理解打機的致命吸引力之前，我們先要了解孩子們的不同需要，而電子遊戲又怎樣滿足他們。最簡單直接於生理層面上來說，電子遊戲以針對人類大腦的獎賞系統來設計，如那些隨著經驗值提升的難度、不確定的回報、強烈的感官刺激等，都會刺激我們的獎賞系統，從而出現停不了的慾望。另一個重要因素，便是電子遊戲世界帶來的社交及情緒支援。大家試想想，在新冠疫情非常嚴竣、大家都足不出戶時，孩子在家裡都悶得發慌。香港居住環境小，而很多家庭也只是小家庭，因此能作為孩子的玩伴及遊戲的地方亦相對較小。因此，孩子的社交由實體見面轉移到虛擬世界，某程度上就解決了部分的社交問題。當打機成為孩子跟現實朋友或同學溝通的橋樑，情況其實就如打籃球和踢足球一樣，有助孩子感到被群體接納，建立自信。

同時，對於一些在日常生活中難以認識朋友、社交技巧相對薄弱的孩子來說，電子遊戲世界則為他們提供了一個安全的環境，你不知道我是誰，而我亦不需要知道你是誰，不計年齡、不管性別，亦不用在乎國籍，孩子們可以透過聊天系統跟遊戲中的其他玩家認識，亦可能發展友誼。

最後，在心理層面上，打機亦極具療效。不能否認，在香港的教育環境下，學童之間的競爭還真不小，除了成績以外，藝術、音樂、體育，不同的課外活動也被納入比賽競爭的項目。這樣的風氣，對一些成績馬虎、操行普通，暫時沒甚麼突出表現的孩子而言，實在很難於生活上取得成就感。因此，在電子遊戲中過五關斬六將，達成任務或破關後的成就感，又或是擊敗對手或名列前茅時的優越感，這些正面的感覺可能很難於現實中嘗到。亦有些時候，當現實過於殘酷，太過痛苦時——例如當孩子面對父母吵架、分離；受到同輩排擠、欺凌；或學業挫敗、前途迷茫，電子遊戲中沉浸式的體驗便能讓孩子暫時逃離現實的壓力，埋藏幻想世界裡，不願再出來。

除滿足孩子生理、社交及心理需要外，打機原來亦有其他好處！除了有一定放鬆減壓的作用外，因應不同的遊戲種類而對玩家有不同的要求，打機的過程其實也能促進孩子不同能力的發展。例如動作類和射擊類遊戲講求作出快速並準確的反應，有助訓練孩子的手眼協調能力；而策略類遊戲需涉及資料分析、制定作戰計劃，可視為解難及決策能力的訓練；而一些需要多人組隊、合作對戰或完成任務的遊戲，不但能讓孩子結識世界各地的朋友，亦能提升溝通及協商技巧。

綜合而言，種種原因令兒童無法脫離電子遊戲所帶來的好處。聽著好像合情合理，但大家最關心的可能是究竟在甚麼情況下打機會變成一種精神及心理疾病呢？

沉迷打機是一種病？

目前為至，精神醫學上有兩個最被廣泛認受的診斷分類基準，分別為國際疾病分類（ICD-11）和精神疾病診斷與統計手冊（DSM-5）。而沉迷於電子遊戲的現象，亦被收錄於兩個診斷分類基準中。在2013年，精神疾病診斷與統計手冊將網絡遊戲障礙（Internet Gaming Disorder）加入為「有待更多研究」的障礙，暫時未定性為一種精神疾病，但亦明確指明診斷有待研究。精神疾病診斷與統計手冊列明一個人於12個月內出現以下5個或更多症狀，便符合所提出的遊戲障礙診斷分類基準，包括玩網絡遊戲成為了支配的活動；不玩網絡遊戲會構成心理上的不安、不愉快，及憂慮；容讓自己投入網絡遊戲的時間愈來愈長；曾經嘗試控制自己不參與網絡遊戲不過失敗；除了沉迷網絡遊戲外，對原本的嗜好及娛樂失去興趣；即使知道自己的心理及社交問題，仍沉迷網絡遊戲；向他人隱瞞參與網絡遊戲的時間量；沉迷網絡遊戲來逃避或紓緩負面情緒；及因沉迷網絡遊戲嚴重影響人際關係、學業或工作（American Psychiatric Association, 2013）。

而在2019年，ICD-11也被世衛確認，同時新收錄遊戲障礙（Gaming Disorder）的四個診斷分類基準，包括對遊戲的節制力明顯缺損；遊戲成為生活中最優先的順序，超越了其他的興趣與日常活動；就算發生了負面的後果，仍持續或甚至更沉迷；及玩遊戲導致的嚴重程度，足以導致個人、家庭、社交、教育、職業，或其他重要的功能有明顯的缺損，而以上情況持續最少12個月（World Health Organization, 2022）。不過，值得留意的是，現今社會往往將不符合社會標準的行為統稱為「病」，但研究指出實際只有約5%的人士達到臨床標準（Bickham, 2021），所以大部分喜歡打機的孩子都不是有精神或心理問題，診斷還是應交給精神科醫生或臨床心理學家吧！

以電子遊戲作為玩伴本來不一定是壞事，家長毋須完全禁止，最重要的還是先了解孩子的不同需要，再讓孩子學習適當的時間分配呢！

參考資料：

American Psychiatric Association. (2013). *Diagnostic and statistical manual of mental disorders (5th ed.).* https://doi.org/10.1176/appi.books.9780890425596

World Health Organization. (2022). ICD-11: International classification of diseases (11th revision). https://icd.who.int/

1.4

外傭姐姐——比父母更重要的存在

我知道這樣不對，但就是控制不了；你說這是無可奈何下的現實，但我就是接受不了！我就是無法接受小煦甚麼事情都找她幫忙，無時無刻都要找她，喜歡她還多過他的親媽媽。

是的，作為一名職業女性，下班塞完紅磡海底隧道、到達家門的時間不是晚上七時就是八時。小煦只有三歲半，研究說幼兒宜多睡，所以每天只有約一小時能跟小煦相處，這怎麼會夠，根本少得可憐！星期六、日，撇除需要加班、應酬的日子，每周回娘家吃一頓飯，偶爾約了姊妹飯聚，七除八扣之後，每三個月可以去迪士尼一次，這就是我和孩子最親厚的日子。

身為中產，辛勞工作賺來的錢，轉眼變成別人的工資，讓外傭帶我的孩子。我難受，卻不能不接受；而最可笑的是，我更無法接受沒有她的日子。一星期中的星期天，便是最可恨、最痛苦的一天。這到底教我如何是好？

我是小煦，今年three years old，是由工人姐姐照顧的kid。Sorry，年紀小，廣東話not very good。

我當然知道我媽媽是誰，經常不在家吃飯，星期六、日早上不是在工作便是在睡覺的那個人便是，準沒錯了。我也有爸爸，不過爸爸又忙又嚴肅，我才不找他玩。

所以大部分時間，我都和Melissa一起。Melissa很好，她陪我玩、餵我吃飯、幫我拿書包，她不好，誰好？如果你問我想不想要媽媽，我不是不想。不過，和媽媽玩也不好玩，媽媽總是這個不准，那個不准的，整天No、No、No，甚麼都逼我自己做，Melissa就不會這樣了，她甚麼都聽我幫我。

不過，最近聽柔柔説，她的工人姐姐要回菲律賓了，以後不再回來。其實我很怕Melissa也會離開我。我問媽媽Melissa會不會走，她説不會，但我不信，如果她説要走我一定會大發脾氣，這樣她就會留下來陪我。

Melissa最怕我發脾氣，嗯，我知道，一定是這樣。

非父母教養　較易有情緒困擾

香港是外傭就業率最高的城市之一，於2019/2022年受僱用的家庭傭工就有約3萬5千名，當中高達92%為外籍家庭傭工（香港特別行政區政府統計處，2021年）。而在有12歲及以下兒童的住戶中，就有超過三分之一僱用家庭傭工照顧孩子（香港特別行政區政府統計處，2021年；Cortés & Pan, 2013）。令人關注的是，在過去九年內家庭傭工人數穩步上升，反映出愈來愈多香港家庭由家庭傭工負責照顧孩子，變相意味著這種「非父母教養模式」於本港愈來愈普遍。

除了僱傭數量龐大外，另一個影響著香港育兒模式的便是與政府為外傭訂立的「標準僱傭合約」有關。現時，根據標準僱傭合約，「傭工須於僱主的住址工作及居住」，這種強制要求全職外傭居住在僱主家中的政策令外傭全天候的逗留在僱主家中，因而有更多時間與僱主的子女相處。由此可見，家庭傭工對香港兒童的照顧站於一個頗舉足輕重的位置，很多時候更會分擔一些母親的角色，因此其育兒方式便會大大影響幼兒的成長，包括社交認知能力、語言發展、自理能力及社會價值觀等重要範疇。

非由父母照料而成長的孩子，雖然比完全缺乏照料的孩子成長較好，但相較由父母親自照料的孩子來說，「非父母教養模式」依然有一定負面影響。研究發現，假若兒童每週有多於20小時非由父母照顧，他們會較容易出現情緒困擾（Downie et al., 2010），難以和父母建立安全的依附關係（Ahnert, Pinquart & Lamb, 2006），亦會有更多外化行為問題及學校適應困難（Sawyer & Dubowitz, 1994）。

外傭與父母的教養落差

並非由父母親身照顧的孩子到底為甚麼較容易出現困難呢？我們嘗試由育兒的理念和手法入手，了解以家庭傭工，尤其是外傭照顧孩子所衍生的問題。

首先，育兒的理念和手法往往與文化背景有關。舉例說，西方國家的兒童照顧者比較支持兒童擁有自主權，著重孩子於成長中學習獨立和自主。相比之下，東亞社會的照顧者可能多強調兒童的學業能力，以及管教兒童的行為（Pomerantz, Ng & Wang, 2008）。一個近年於香港發表的研究就指出，外傭及其僱主在照顧孩子的心態上有很大分歧。對受訪外傭而言，兒童的安全及行為管教是照顧上最主要的議題；而兒童的父母則較著重培養孩子的獨立性、心理彈性、責任感、對他人的尊重等個人質素(Ma et al., 2020)。

外傭並非孩子的父母，對孩子來說並沒有與父母同等的威嚴；外傭亦須同時擔任處理家務的角色，管教孩子的時間相應減少，很多時與父母所秉持的理念並不一致。因此，為著不同原因，外傭往往容易為孩子完成本來屬於他們的事情，而非給予他們足夠的時間學習自行完成任務。很常見的情形是當父母不在時，孩子鬧脾氣抗拒吃飯，外傭為了節省時間多會主動餵孩子吃飯，又或者當孩子不願自行穿上襪子，便使喚外傭幫忙，而外傭便會隨即為他們穿上，以進行接下來的事情。長遠而言，這樣的教養模式令孩子被過分保護，產生不尊重他人、情緒無法控制等各種負面情況。儘管父母期望外傭能達到他們對照顧孩子的要求，但事實上外傭很難以同樣的方式管教僱主的子女。

除了對孩子的影響外，聘用外籍家庭傭工原來對父母來說也有顯著的影響。學者發現父母一般難以接受子女與外籍家庭傭工之間所建立的親密關係。尤其對母親來說，與孩子間感情的疏離，容易令母親擔心自己的地位受到威脅，有被取代的危機，因而對外傭產生嫉妒的感覺。而這種對外傭的負面情感，不但影響僱主及外傭之間的關係，更會間接影響孩子與外傭的感情。

與外傭攜手的三大方案

其實對很多雙職家庭來說，聘用外籍家庭傭工照顧孩子只是無可奈何下的選擇。既然我們明白到「非父母教養模式」的限制，便能對症下藥，嘗試改善箇中問題，以下便提出一些可行方法讓大家參考：

1. 盡可能釐清外傭、父母的家庭角色：教養涉及協助孩子建立良好的價值觀，及教導孩子做人處事的方法。基於文化背景不同，情況許可下父母盡可能肩負教養、管教孩子工作，而非交予外傭處理。如在無可避免的情況下外傭需要分擔父母的角色，父母便要明確地與外傭溝通，並不時檢討，以達一致的教養方法。

2. 花時間多了解孩子：無論父母多忙，也需多花時間觀察、了解孩子的個性及行為，並不能將責任放置於外傭身上。當父母能多了解孩子的各方面發展情況，了解其行為上需要改善的地方，便能訂立具針對性的規矩，切記要求外傭別慣常以收賣方式對待孩子，不要隨便給手機和糖果作誘因。

3. 向外傭示範教養的方法：在執行家庭規矩時，建議父母親身向外傭示範如何管教子女，在相同場合下讓外傭練習。例如孩子在午餐時一邊看電視一邊吃飯，父母就跟孩子說如半小時內不吃完就會將食物收起，同時鼓勵外傭遇到相同情況時照樣做，而不是一邊讓孩子看電視，一邊餵孩子吃飯。

說到底，假如父母能跟外傭一同合作，達至管教一致的結果，這樣外傭便會成為雙職家長的賢內助，不但能減輕父母的壓力，長遠對增加家庭和諧性也有幫助。

參考資料:

Ahnert, L., Pinquart, M., & Lamb, M. E. (2006). *Security of children's relationships with nonparental care providers: A meta-analysis*. Child Development, 77, 664–679. doi:10.1111/j.1467-8624.2006.00896.x

Cortés, P., & Pan, J. (2013). Outsourcing household production: Foreign domestic workers and native labor supply in Hong Kong. *Journal of Labor Economics*, 31, 327–371. doi:10.1086/668675

Downie, J. M., Hay, D. A., Horner, B. J., Wichmann, H., & Hislop, A. L. (2010). Children living with their grand- parents: Resilience and wellbeing. *International Journal of Social Welfare*, 19, 8–22. doi:10.1111/j.1468- 2397.2009.00654.x

Ma, S., Chen, E., & L, H. (2020). Foreign domestic helpers' involvement in non-parental childcare: a multiple case study in Hong Kong, *Journal of Research in Childhood Education*, 35 (3), 427-446.

Pomerantz, E. M., Ng, F. F., & Wang, Q. (2008). *Culture, parenting, and motivation: The case of East Asia and the United States*. In M. L. Maehr, S. A. Karabenick, & T. C. Urdan (Eds.), *Advances in motivation and achievement: Social psychological perspectives* (Vol. 15, pp. 209–240). Bingley, England: Emerald Group Publishing Limited. doi:10.1016/s0749-7423(08)15007-5

Sawyer, R. J., & Dubowitz, H. (1994). *School performance of children in kinship care*. Child Abuse & Neglect, 18, 587–597. doi:10.1016/0145-2134(94)90085-x

Chapter Two

夢想失落園

2.1

夢想的多重宇宙

———

這是很青春的一夜。Miss Chan看著這群十來歲的小六畢業生，圍著營火，毫不羞怯地高談夢想。

「風頭躉」Yumi自小唱歌、音樂、戲劇、跳舞樣樣皆精，一臉認真地說：「我早已經決定了要出道做明星，用我的作品說話，影響其他人的生命！」

一副電競武裝、從來機不離手的Carson急不及待說：「我要做電競世一，帶領香港衝出亞洲、衝出國際、衝出宇宙！」

潮流教主Isabel一邊把玩著一件網購得來、樣子奇特的新玩意，一邊調校著「自拍神棍」和手機角度，自言自語般說著：「明星、電競選手哪裡及得上KOL和網紅？你看TikTok、小紅書，隨便開Live就有幾十萬Followers，說不定還有粉絲打賞和廣告合作機會呢！真威風！」

出了名「火麒麟，周身引」的Cyrus插嘴發表偉論：「被工作綁死自己也未免太愚蠢了吧？你們有沒有聽過Slasher斜槓族？可以嘗試不同工作，時間又自由，好像挺好玩的……」

Miss Chan聽著一個個少不更事的孩子，一臉認真地訴說著天馬行空的夢想，真有點哭笑不得。她的思緒逐漸飄到老遠，彷彿看見那些年那個稚嫩的自己，和那些被遺忘了的夢想……

夢想，離我們是這麼近又那麼遠。

曾經，

我們為夢想搖旗吶喊，上天下海在所不惜；

我們為夢想廢寢忘食，患得患失；

我們為夢想跌跌碰碰，撞得焦頭爛額；

我們為夢想承受冷嘲熱諷，還傻傻的以為「眾人皆醉我獨醒」。

然後，

有人成為少數幸運的「星之子」，夢想達成；

有人終其一生的精力和時間，在現實和夢想的夾縫之間掙扎；
有人不得不向現實低頭，將夢想丟低，為生存努力；
有人始終記掛著錯過了的夢想，黯然神傷……

夢想，真教人又愛又恨！

真實志向與理想志向

夢想，一般人認為是「Dream」，但其實用「Aspiration」的概念來理解似乎更為準確。Aspiration，中文譯作「志向」。志向包含兩個部分：「志」是「意志」，意志是自由的，由自己決定；「向」是「方向」，方向是有指向性的。「志向」大概就是自己決定的方向的意思。

Aspiration的概念，或者可以令我們明白多一點，夢想為何會教人又愛又恨。心理學家們在1930年代開始提出志向理論(Level of Aspiration)，一般認為志向可以分為兩個層面：真實志向和理想志向(Hoppe, 1930；Lewin, Dembo, Festinger & Sears, 1944)。真實志向，就是一個人認為自己在現有的能力、資源和環境下，實際能夠實踐志向的程度；理想志向，就是一個人在最理想的條件之下，能夠實踐志向的程度。

兩個志向層面，造就了一道理想和現實之間的縫隙，也就是心理學家們所說的積極目標差異（Positive Goal Discrepancy）。而弔詭的是，這道縫隙充滿了未知和變數，可以透過提升能力、爭取資源和改善環境來收窄，但也少不了受著天時、地利、人和等因素影響。

理想和現實之間的縫隙，令夢想變得有意思，有著謎一樣的吸引力。總有那麼一些部分，我們會相信自己能夠控制，只要付出努力、心機、時間……那道縫隙便會收窄，而自己也會向著夢想踏前一小步。於是，我們會有坐言起行的動機和決心（Motivation and Determination），開始訂立目標和計劃未來（Goals and Plans），學會在生活中作出選擇和取捨（Choices and Decisions），甚至能夠承擔風險、忍受未知和不確定（Risk and Uncertainty），在屢戰屢敗又屢敗屢戰的循環中無限復活（Sherwood, 1989）。

時代演變　追夢不再專一

夢想另一個有意思的地方，就是潛藏著無限延展的可能。一個人有一個人的夢想，一代人有一代人的夢想，幾代人也有幾代人的夢想。在追夢的漫長旅程中，有人選擇離群，走自己不一樣的路；有人找到志同道合的伙伴，結伴而行，互相扶持；有人帶領著繼承者們，向著遠大的理想進發，將未完的夢一代一代的傳承下去……這是夢想的線性延展，應該不難理解，反正就是一生人、一代人、幾代人，朝著單一目標努力，那一股專心致志、鋭不可擋、「不成功便成仁」的氣勢！

除了線性延展，最近夢想又好像多了一種放射式的延展方式。放射式延展，就是我們當中有些人在追夢的過程中不再「專一」，他們好像「八爪魚」一樣，在同一時間追求多於一個夢想，嘗試涉獵不同的範疇和領域，探索無限可能，發展多元夢想。這大概就是分散投資的道理吧！一個夢想追不到，我們還可以寄情於其他夢想和興趣，繼續「發夢」，既可以減低風險，增加成功機會，也免卻因為追不到單一夢想帶來的失望和失落。

事實上，這樣的夢想延展是有跡可尋的！

多元夢想　成全球趨勢

在2020年，經濟合作與發展組織（Organisation for Economic Co-operation and Development, OECD）出版了一份關於年輕人夢想工作的報告。這份報告綜合了41個分別在2000年和2018都有參與《國際學生能力評估計劃》國家的資料，發現時間雖然相隔了18年，但15歲年輕人追求的夢想工作似乎變化不大，頭10位離不開醫生、教師、業務經理、工程師、律師、警察、科技專才、護理人員、設計師和心理學家（Mann, et al., 2020）。看來，有些夢想是會穩定地、隨著時間一代一代推移的。

我們再看年紀小一點的 α 新世代（出生於2010之後的年輕人）。美國民意調查公司Harris Poll和LEGO在2019年訪問了3,000名8至12歲，分別來自中國、英國和美國的年輕人。結果顯示，這群年輕人更傾向於夢想自己將來能成為Vlogger/Youtuber（18%, 30%, 29%）、運動員（37%, 21%, 23%）和太空人（56%, 11%, 11%）（LEGO Group, 2019）。民調結果自然令不少人慨嘆新一代的年輕人天馬行空、不切實際，但我們也不得不敬佩小伙子們那份敢於打破傳統、闖出自己一片天的勇氣！

不只是年輕人，連已經踏入社會工作的成年人也在積極地擴展自己的夢想版圖。美國的一項研究發現，愈來愈多人選擇投身自由工作者的行列，成為斜槓族（Kelly Services, 2015）。在2015年，全球就業人口中有31%為自由工作者，當中48%的人完成學位或以上課程，69%的人是技術專才！

更加值得留意的是，這項研究的參加者出生年分涵蓋三十後到九十後，而不同年齡組別中，自由工作者的比例由27%至67%不等，當中更有46%至64%表示自由工作是出於自願選擇的！多元夢想已經不再是年輕人的專利，而是席捲全球的風潮！

打破傳統　跳出框框

香港人又如何？有在努力追夢嗎？

向來自命「潮流指標」的香港人又豈會落後於人？經濟合作與發展組織的報告顯示，香港15歲年輕人追求十大理想工作的百分比由2008年的59%，下降至2018年的47%。數字代表著，香港的年輕人除了堅守傳統夢想，也愈來愈願意跳出既有框框，追尋不一樣的生活。

香港也有不少人投身彈性工作的行列呢！從政府統計處數字粗略估算，在2015年，香港從事彈性工作的人口共有524,000，佔整體就業人口的13.9%，比1999年增加了約2%（Research Office Legislative Council Secretariat, 2016）。香港青年協會青年創研庫於2016年進行的一項研究也指出，受訪的20至34歲青年中，43.7%傾向接受自己從事短期合約、兼職及自僱等彈性就業工作，只有19.7%表示不太接受彈性就業模式。

原來，夢想一直都在；追夢，不再單一，也不設限期。

參考資料:

Creed, P. A., Wamelink, T., & Hu, S. (2015). Antecedents and consequences to perceived career goal–progress discrepancies. *Journal of Vocational Behavior,* 87, 43-53.

Hoppe, F. (1930). Untersuchungen zur Handlungs-und Affektpsychologie. IX. Erfolg und Misserfolg. Psychologische Forschung.

Kelly Services. (2015). Agents of Change: Independent Workers are Reshaping the Workforce. Retrieved from: https://www.kellyservices.com/global/siteassets/3-kelly-global-services/uploadedfiles/3-kelly_global_services/content/sectionless_pages/kocg1047720freeagent-20whitepaper20210x21020final2.pdf

LEGO Group. (2019). LEGO Group Kicks Off Global Program to Inspire the Next Generation of Space Explorers as NASA Celebrates 50 Years of Moon Landing. Retrieved March, 17, 2021.

Lewin, K., Dembo, T., Festinger, L., & Sears, P. (1944). Level of aspiration. In J. McV Hunt (Ed.), P*ersonality and the behavior disorders* (Vol. I, pp. 333–378). New York: Ronald Press.

Mann, A., Denis, V., Schleicher, A., Ekhtiari, H., Forsyth, T., Liu, E., & Chambers, N. (2020). *Dream Jobs? Teenagers' career aspirations and the future of work*. Organization of economic cooperation and development.

Research Office Legislative Council Secretariat. (2016). Challenges of Manpower Adjustment in Hong Kong. Research Brief. Issue No. 4. 2015-2016. Retrieved from: https://www.legco.gov.hk/research-publications/english/1516rb04-challenges-of-manpower-adjustment-in-hong-kong-20160607-e.pdf

Sherwood Jr, R. A. (1989). A Conceptual Framework for the Study of Aspirations. R*esearch in Rural Education,* 6(2), 61-66.

2.2

灰鳩的人生

——

呼~終於都放工了！

凌晨二時多，Bosco才拖著疲乏不堪的身軀，緩緩地步出工作室所在的工業大廈。他很累，累得手腳也抬不起、身子也撐不直，連眼睛也差點睜不開來……

Bosco已經數不清這是今個月第幾天熬夜OT了，他只記得自己晝夜不分地跑新聞、搜集資料、拍片剪片、撰稿修繕……本著作為新聞工作者的良知和道德，他想要用影像、聲音、文字，呈現社會的真實面貌！他想要揭露制度的不公不義，報道人性的陰暗醜惡！他想要為弱勢社群發聲，為年輕一代創造美好未來！

但是，這陣子Bosco真的累透了。身很累，心更累。

寂靜無聲的晚上，Bosco孤伶伶地走著。陪伴他的，就只有黑暗中默默佇立的街燈，燈光下夜霧籠罩的街道，和夜空中寥寥可數的星星……

真夠諷刺！明明有路燈照明，四周卻漆黑一片；明明是一條大路，前方卻看不清方向；明明是星光閃爍，星星卻如此遙不可及；明明是夜深人靜，心裡卻不知何故躁動不安……

真夠灰了！這樣的日子，為的是甚麼？

灰在進退兩難

「灰」，是一種介乎黑與白之間的顏色。用「灰」來形容人的心情狀態，其實不是甚麼新鮮潮語。心灰意冷、灰心喪志、萬念俱灰、心如死灰、形槁心灰……一大堆四字成語，我們可能早在小學階段就已經耳熟能詳了。不過，千萬別小看這一個簡單的「灰」字！它可是繪形繪聲地呈現了一個人的身體、情緒、行為、社交、心靈面貌。就憑一個「灰」字，我們可以想像得到，一個「灰爆」的人，那一副「頭耷耷、眼濕濕」的「苦瓜乾」模樣；那一種對外界人事物置諸度外的冷漠抽離；和那一份失去動力、意志消沉的絕望沮喪。

「灰」，也說出了生命中一個晦明晦暗、進退兩難的境況（Liminality）。灰色可以有千變萬化的色階：灰白、淺灰、深灰、灰黑……但無論灰色何其多，它永遠都夾在色階兩極的黑色和白色中間，既不是最暗的黑，也不是最亮的白！「灰」，大概就是形容生命走到了一個夾縫。在這個詭異的夾縫，我們雖然不至於掉進深不見底的黑洞，卻也沒有能力走上光明無盡的白色大道，只有無日無之地浮游在深淺不同的灰色地帶，時而躍躍欲試地追光而行，時而瑟縮退守於晦暗角落，不知道何年何月才能找到出路。

「灰」，言簡意賅地概括了我們生命中，一個失去色彩、黯淡無光、籠罩著未知和不安的「卡關」狀態。

為甚麼我們會「灰」？原因可能是我們有所「追求」。

需求層次中「卡關」　有所追求而不能滿足

神經學和精神病學家 Kurt Goldstein 早在1940年提出自我實現（Self-Actualization）的概念。他認為，所有生物，包括人類在內，與生俱來就有一股內在動力，迫使我們在環境、資源和各種條件限制之下，發揮自己的潛能，向著目標進發，創造無限的可能。

這個自我實現的概念，後來就由鼎鼎大名的心理學家Abraham Maslow繼承了，演化成為今天為人熟悉的需求層次理論（Maslow's Hierarchy of Needs）。需求層次理論總括了人類的五大需求，包括：

生理需求（Physiological Needs）：人類生存的基本需求，如呼吸、水、食物、睡眠、上廁所等。

安全需求（Safety and Security）：安全感的需求，如人身安全、財產、資源、健康、工作等。

愛與關係（Love and Belonging）：社交需求，如朋友、家人、愛情、與其他人的連繫等。

自尊（Self-Esteem）：自我價值的需求，自信心、別人對自己的認同和尊重、個人成就、地位、名聲、自由等。

自我實現（Self-Actualization）：實現自己的潛能，達成自己的目標，如個人理想、抱負、發揮潛能、品德實踐、創造力等。

Maslow指出，人類的五大需求是有層次之分的，我們得先滿足最底層的物質、生存基本需要，才可以拾級而上，追求心理/心靈層面的需求，再而走上自我實現之路。也就是說，我們要先填飽「肚仔」，才有條件考慮「屋仔」和「車仔」，認識「朋友仔」，結交「老公仔/老婆仔」，生育「BB仔」，顧全「面仔」和揮動夢想的「旗仔」……聽起來好像很合理，人生本該如此。不過，這樣的層層遞進也意味著，如果我們在任何一層「卡關」了，就難以向另一層繼續進發，有所追求而不能滿足，「灰」！

平衡物質與心理需求

也有一些心理學家從志向理論的角度，嘗試分析到底是甚麼驅使我們「一追再追」，追「灰」了還是繼續追。

他們認為我們的志向可以歸類為外在志向（Extrinsic Aspirations）和內在志向（Intrinsic Aspirations）（Kasser & Ryan, 1993；1996）。外在志向，說的是物質層面的追求，例如外在形象、聲譽、財富、地位、權力等；內在志向，說的是心理/心靈層面的追求，例如人與人之間的聯繫、社會的參與和貢獻、生活/生命的自主和熱愛、人生的方向和意義、自我價值和成長、成就感/能力感等。研究普遍認為，心理／心靈層面的追求，對我們的身心健康有著正面的影響；相反，物質層面的追求，有時候會令我們迷失自我、懷疑人生、失去方向，對身心健康有害無益（Martela, Bradshaw & Ryan, 2019；Unanue, Dittmar, Vignoles & Vansteenkiste, 2014）！

又是老掉牙的道理？利慾會令人薰心，權力會使人腐化，所以我們才會追不到，才會「灰」？

現實生活中，物質層面和心理／心靈層面的追求從來都不是那麼割裂矛盾。追逐財富名利、權力地位，為的可以是三餐溫飽、生活安定、養家活兒、呼朋喚友，背後想要的可能是心理／心靈層面的安全感、人與人之間的聯繫、生活的掌控、自主和滿足感；努力增值自己、豐富歷練、實踐意義，背後追求的也可以是衣食住行等的生活享受、自我形象的建設和維繫、朋輩友儕間的聲譽（Martela, et al., 2019；Unanue, et al., 2014）。説到底，我們都不過是凡人，夢想再偉大、志向再高遠，還是離不開吃飯，離不開生存。

或者，追求是否會令我們「灰」、會令我們有多「灰」，就取決於我們如何在「生存」和「生活」的掙扎和糾結之中，維持動態平衡。

參考資料：

Grouzet, F. M., Kasser, T., Ahuvia, A., Dols, J. M. F., Kim, Y., Lau, S., ... & Sheldon, K. M. (2005). The structure of goal contents across 15 cultures. *Journal of personality and social psychology*, 89(5), 800.

Kasser, T., & Ryan, R. M. (1993). A dark side of the American dream: correlates of financial success as a central life aspiration. *Journal of personality and social psychology*, 65(2), 410.

Kasser, T., & Ryan, R. M. (1996). Further examining the American dream: Differential correlates of intrinsic and extrinsic goals. Personality and social psychology bulletin, 22(3), 280-287.

Martela, F., Bradshaw, E. L., & Ryan, R. M. (2019). Expanding the map of intrinsic and extrinsic aspirations using network analysis and multidimensional scaling: Examining four new aspirations. *Frontiers in Psychology,* 2174.

Unanue, W., Dittmar, H., Vignoles, V. L., & Vansteenkiste, M. (2014). Materialism and well–being in the UK and Chile: Basic need satisfaction and basic need frustration as underlying psychological processes. *European Journal of Personality*, 28(6), 569-585.

2.3

躺平主義
是怎樣煉成的

又是一年一度的家庭聚會，身為家中的獨子，阿偉躲不過三姑六婆連珠炮發式的問題：大學畢業已經三年了，工作還沒有安定下來嗎？升職加薪了嗎？未來有甚麼目標？年紀不小了，有女朋友了嗎？甚麼時候成家立室？開始儲首期買車買樓了嗎？

面對一連串的問題，阿偉總是不慍不火，淡淡然以一句「沒所謂」回應。這句「沒所謂」倒是發自內心的。這麼多年了，他在香港社會制度下生存，看盡了同學、老師、朋友、同事、上司下屬……無日無之的比較競爭。阿偉不禁暗自忖度：我們在爭甚麼？爭贏了，想要的就只有更多；爭輸了，剩下滿腔忿忿不平。甚麼目標、夢想，最終還不是苦了自己？

阿偉道出了不少年輕一輩的心聲，也反映了一個近年引起社會廣泛關注的現象——躺平主義。

新生代人生哲學——無慾無求

躺平主義，說的大概就是社會經濟發展飽和，年輕人被迫著捲入激烈的競爭，付出的努力、時間、心血得不到合理的回報，也缺乏發揮才能和創意的機遇，因而令他們產生「內捲」心態，覺得自己再努力也不能向上爬，索性原地「躺平」，無慾無求地求個生存。說到底，沒有期望就沒有失望，對吧？

老一輩的自然是大感困惑，搖著腦子，慨嘆著現今的年輕人懦弱無能、身在福中不知福，訴說著「想當年」的自己是多麼奮力地為生活打拼……

人類經過幾千萬年，幾經辛苦，才由「四腳爬爬」的靈長類進化成今天雙足步行的模樣，突然來一個「四腳朝天」的躺平，也著實叫人摸不著頭腦。

不過，原來躺平很可能不只是這個世代的現象，而是人類演化過程中遺留下來、幫助我們在面對危機和威脅時，保護自己的機制！

身體躺平　是遠古流傳的求生智慧

身體躺平，是身體自我防衛機制中的一種本能反應。

人類的祖先生活在森林山野，不時會遇到危機，例如獅子、老虎、黑熊……這些時候，自主神經系統就會以迅雷不及掩耳的速度啟動，準備讓身體作出戰鬥或逃跑的反應（Fight or Flight），增加生存機會。事實上，人類能夠生存至今時今日，這個機制絕對功不可沒。

但是故事只是說了三分之二。除了戰鬥和逃跑，我們還可以有另一個反應——靜止不動（Freeze）。靜止不動其實就是「詐死」。當我們走也走不動，打又打不過的時候，與其垂死掙扎，還不如躺著不動，來個「詐死」，既可以節省一點力氣，也可以掩人耳目，搏取一線生機。研究指出，「詐死」狀態有可能會令獵食者以為獵物已死，失去興趣，讓我們有更多時間和空間仔細觀察周圍環境，更好地作出反應，計劃下一步行動（Lojowska, Gladwin, Hermans & Roelofs, 2015；Roelofs, 2017）。

所以，身體躺平，某程度上是有著積極的求生意義。

B-27E
5
7
8
9
7 8 9 9 8 7
9
8
7

情緒躺平　只為從痛苦中抽離

情緒躺平，是心理應對機制的一種。

人類是充滿情感的動物，幾乎無時無刻都會因為身邊的人事物，經歷大大小小不同的情緒。情緒原本沒有好壞之分，它們只是我們對外來刺激的一些反應，幫助我們避開危機，影響我們的動機、決定和行動。不過，有時候情緒會來得強烈而迅速，殺我們　個措手不及。這些時候，我們會用上不同的心理應對機制，幫助自己調節情緒，維持正常運作，繼續生活（Segerstrom & Smith, 2019）。

情感麻木就是眾多心理應對機制之中的一種（Kerig, Bennett, Chaplo, Modrowski & McGee, 2016；Segerstrom & Smith, 2019）。遇到極端強烈的情緒，例如恐懼、傷心、憤怒……我們有時候會自動「熄機」，不去感受這些情緒，目的就是讓自己可以從強烈的情緒中抽離，不用那麼痛苦，也避免進一步受到傷害，情況就好比一個情感熔斷機制。然而，這個情感熔斷機制是不懂得分辨情緒的，它隔絕了痛苦情感，也一併隔絕了快樂愉悦的感覺和人與人之間的親密感，奪去我們對生活的熱情、對生命的熱愛！看來，啟動情感熔斷機制代價的確匪淺。

或者，情緒躺平，是痛苦之下，迫不得已的決定。

思想行為躺平　源於習得無力感

思想行為躺平，是源於一份對生活的無力感。

所謂「人在江湖，身不由己」，人類生活在社會的大環境中，總不能事事運籌帷幄，而那些不能掌控的部分，往往會為我們帶來一份無力感。當生活中不能掌控的部分太多，我們就會慢慢明白到，無論自己如何費盡九牛二虎之力、如何絞盡腦汁，都改變不了目前的情況，最後只好消極應對，甚麼都不做，甚麼都不理，眼不見為乾淨，耳不聽為清靜。這就是我們常常說的習得無力感（Learned Helplessness）。

習得無力感最早是由美國心理學家Prof. Martin Seligman和Prof. Steven Maier提出的（Maier & Seligman, 2016）。故事可能大家也略有所聞，就是兩位心理學家將一群可憐的小狗分成三組，三組小狗會在綁上狗帶後被電擊。第一組小狗被綁上狗帶一段時間之後，狗帶會被解開，電擊就會停止；第二組小狗的狗帶不會被解開，但牠們可以用鼻子觸碰槓桿停止電擊；而第三組小狗的狗帶不會被解開，牠們也沒有方法停止電擊。之後，三組小狗會再被放入一個有機關的箱子，牠們依然會被電擊，不過只要小狗簡單一跳，便可以跳到箱子沒有電流的一邊避開電擊。可是，兩位心理學家觀察到，只有第一和第二組小狗會嘗試跳到箱子的另一邊避開電擊，第三組小狗竟然在箱子中不作任何反抗，默默承受電擊！小狗學會了，既然「躺著也中槍」，便直接躺下來等中槍好了。

可能，思想行為躺平，是無能為力之下、無可奈何的出路。

心靈躺平　反思自我價值觀

心靈躺平，是意義重構過程的其中一部分。

自小我們就聽説過「人之初，性本善」。這其實一點也沒錯，無論任何年齡，人類總是保留著一份初心、一份信念，選擇相信世界是美好、善良和安全的；世事是公平、有秩序、有邏輯的；每個人都有自己的能力和價值的（Janoff-Bulman, 2010）。不過，世事又豈會盡如人意？我們身邊總會一些出人意表的人事物，叫人費煞思量，百思不得其解，也衝擊著我們的一直堅守的初心及信念。

這些衝擊會啟動一個意義重構過程。意義重構過程包括消化整合（Assimilation）和調適修整（Accommodation）兩個部分（Park, 2013）。消化整合，就是用一貫沿用的理解模式消化眼前發生的事情，而這個理解模式通常源於自身一直相信的價值觀；調適修整，就是重新審視一貫沿用的理解模式，並加以調整來理解眼前發生的事情，這通常牽涉到對自身價值觀的質疑和反思。消化整合和調適修整聽起來不難明白，但實踐起來卻是以月，甚至以年計算的漫長過程！

也許，心靈躺平，是意義重構過程中，「消化不良」卡住了的結果。

看到這裡，不知道大家對躺平主義有甚麼詮釋和理解呢？
人人都躺平，難道人人都想躺平？
躺平主義，應該怪誰？又怪得了誰？

參考資料：

Janoff-Bulman, R. (2010). *Shattered assumptions*. Simon and Schuster.

Kerig, P. K., Bennett, D. C., Chaplo, S. D., Modrowski, C. A., & McGee, A. B. (2016). Numbing of positive, negative, and general emotions: Associations with trauma exposure, posttraumatic stress, and depressive symptoms among justice□involved youth. *Journal of Traumatic Stress*, 29(2), 111-119.

Lojowska, M., Gladwin, T. E., Hermans, E. J., & Roelofs, K. (2015). Freezing promotes perception of coarse visual features. *Journal of Experimental Psychology: General*, 144(6), 1080–1088.

Maier, S. F., & Seligman, M. E. (2016). Learned helplessness at fifty: Insights from neuroscience. *Psychological review*, 123(4), 349.

Park, C. L. (2013). The meaning making model: A framework for understanding meaning, spirituality, and stress-related growth in health psychology. European Health Psychologist, 15(2), 40-47.

Roelofs, K. (2017). Freeze for action: neurobiological mechanisms in animal and human freezing. Philosophical Transactions of the Royal Society B: Biological Sciences, 372(1718), 20160206.

Segerstrom, S. C., & Smith, G. T. (2019). Personality and coping: Individual differences in responses to emotion. *Annual review of psychology,* 70, 651-671.

2.4

追夢的哲學

「做人如果無夢想，同條鹹魚有咩分別呀？」

星爺在電影《少林足球》中的警世金句，相信我們都不會覺得陌生。

的確，夢想可以為我們帶來動力、目標、計劃和勇氣，令人生從此不一樣。但是，夢想同樣會為我們帶來困惑、挫敗、失落和沮喪，令我們「灰爆」，甚至迫不得已，要躺平來過日子。

夢想，有，很煩；沒有，更煩！做人，真夠矛盾！

這個惱人的人生矛盾應該怎樣拆解？

希望理論　貼地追夢

美國心理學家Charles Richard Snyder在1991年提出了希望理論(Hope Theory)。希望，就是一個人尋求不同的方法，向著目標推進的能耐和動力。希望包含三個重要部分(Snyder, Rand & Sigmon, 2002)：

1. 目標(Goal)：引領我們向前推進的方向，可以是一些我們想要做到、認為值得投入/有意義、得到成功感的事情，又或者是憧憬渴望的未來；

2. 方法(Pathway)：向著目標推進的不同途徑；

3. 動力(Action)：對於實踐方法的信念、意志和堅持 。

希望理論中的希望，說的並不是那種「高大空」:「明天會更好」、「聽日一定會好天嘅」口號式盲目正能量思維。目標雖然不一定能夠完全實踐，但應該是可行的、有機會達到的；方法是充滿彈性(Flexibility)和可能性(Possibilities)的，可以因應環境、自身的能力和條件，靈活調整；而動力就是採取行動，積極嘗試不同方法的決心和魄力（Colla, Williams, Oades & Camacho-Morles, 2022）。希望理論提示著我們，堅持追夢，也得「貼地」。偉大的夢想，需要分拆成細小的目標，逐一規劃實踐；追夢的方法，也是「條條大路通羅馬」；大路行不通了，可以抄小徑，可以上天和下海，還可以掘地道。這樣，夢想和現實的落差才不至於大得「堅離地」，造成矛盾；我們才會有拼勁在追夢的漫漫長路中奮力掙扎。

近年，也有學者進一步豐富希望理論。他們相信追尋目標背後總是有原因（WhyPower）；而要向目標推進，除了個人努力，也得借助天時、地利、人和等外力（WePower）（Colla, et al., 2022）。原因，牽涉到意義層面，就是我們為甚麼要追尋一個目標？怎樣在跌跌撞撞中，理解、總結和整合經驗，調節心態和整理步伐，繼續堅守初心；借助外力，就是發揮創意，善用自己的資源和人際網絡，擴展方法，增加動力，創造機遇。所以，追夢可說是一個貫穿過去、現在和未來，不斷探索、嘗試、檢討、改良、再修正，活出有意義的人生的過程。

那麼怎樣才能活出有意義的人生？

五個步驟 實踐人生意義

提出接納與承諾模式(Acceptance and Commitment Therapy，ACT)的美國心理學大師Steven Hayes和同事們或者可以給我們多一點啟示。大師們告訴我們，有意義的人生不等於一帆風順、無憂無慮；而是在面對挑戰和困難時，能夠抱持開放態度和心理彈性，接納生命中不能掌控的部分，承受生活中難以承受的沉重，感知體會而不為之糾結纏繞，並繼續承諾堅守自己的價值觀和信念(Harris, 2019；Stoddard & Afari, 2014)。

大師們説得很玄，可以怎樣實行？

這裡我們嘗試從專家們的智慧中整合五大步驟，給大家參考：

1. 探尋初心：試著花一些時間，給予自己靜下來的空間。想一想，自己的夢想是甚麼？追夢的初心從何而來？初心，可以是自己重視的價值觀和秉持的信念。它就好比是人生的指南針，在迷霧之中引領我們繼續前進，就算看不清方向也不至於迷路。人生在世的這些年來，我們最重視的是甚麼？我們想自己成為一個怎樣的人？我們想怎樣對待自己、身邊的家人朋友、社會和世界？又想身邊的家人朋友、社會和世界怎樣對待自己？

2. 訂立目標：知道自己的價值觀和信念，下一步就是要將它們落實執行。就著每一個價值觀/信念，我們可以訂立短期、中期和長期目標。同一個價值觀/信念，可以有多個不同的目標：如果我們的價值觀/信念是健康生活，目標可以是均衡飲食、多做運動、培養興趣、平衡生活與休息……目標應該是具體而可行的，並根據自己的能力訂立。目標太容易會顯得沒有挑戰性，減低追求的動力；目標太困難又會教人灰心氣餒，輕易放棄。

3. 採取行動：將短期、中期和長期目標，分拆成一個又一個的實際行動計劃，並列出實行的日期、時間、行動、次數等詳細內容。如果目標是均衡飲食，實際行動可以是每天早餐飲一杯牛奶、午餐進食半個蘋果、下午茶改吃香蕉、晚餐改吃雜穀飯……行動計劃可以容許一定程度的彈性和調節，當行動計劃因為環境或自身因素而未能實行，可以適當微調（吃膩了蘋果便吃橙）；同樣道理，當我們狀態大勇，超額完成，也可以稍微增加難度（由晚飯後散步十五分鐘增加至二十分鐘）。

4. 善用資源：我們每個人的生活環境、能力、經驗和條件都不盡相同。檢視自己的資源和限制，有甚麼是可以幫助我們實踐追夢大計的？有甚麼是我們欠缺和不足，需要改善的？又有甚麼限制是我們不得不接受的？在這些資源和限制之下，盡可能想出實踐目標和採取行動的方法。方法自然是愈多愈好，一個方法行不通，可以靈活微調，也可以改用其他方法；自己一個搞不來，也可以向身邊的家人或朋友多多請教。別忘了我們還有偉大的搜尋器大神、討論區巴打絲打和AI朋友呢！

5. 獎勵自己：我們這麼努力追夢，當然要在適當的時候獎勵一下自己。可以考慮定期檢視行動計劃，能跟上進度，就得獎勵自己。獎勵可以有很多不同方法，有人喜歡Me Time，安排一點時間，做自己喜歡、享受的事情；有人喜歡Pet's Time，和小動物玩上半天；有人喜歡Mimi Time，與三五知己，來個真情對話；有人喜歡Family Time，與家人待在一起，共聚天倫……做甚麼都好，反正別對自己太過嚴厲就好。

是的，人生好難，追夢好煩，路不好行！

無謂正能量了，我們打從心底裡明白，路本來就不存在，路是要自己行出來的。

行到有路，哪裡會容易？

參考資料:

Colla, R., Williams, P., Oades, L. G., & Camacho-Morles, J. (2022). "A new hope" for positive psychology: a dynamic systems reconceptualization of hope theory. *Frontiers in Psychology*, 13.

Harris, R. (2019). ACT made simple: An easy-to-read primer on acceptance and commitment therapy. New Harbinger Publications.

Snyder, C. R., Rand, K. L., & Sigmon, D. R. (2002). Hope theory: A member of the positive psychology family.

Stoddard, J. A., & Afari, N. (2014). T*he Big Book of ACT Metaphors: a practitioner's guide to experiential exercises and metaphors in Acceptance and Commitment Therapy.* new harbinger publications.

Chapter Three

貧窮的悲哀

3.1

窮，這一種動力

「究竟有咩動力，驅使你喺暴雨下工作呀？係愛呀？定係責任？」

「係窮呀！」

窮的定義千百種

貧窮，從來都是香港社會關注的重要議題，而我們在討論這個議題上也從來不乏新興詞彙和流行潮語。

M型社會(M-Form Society)：全球化的影響下，社會經濟轉型，較為富裕的一群更容易掌握資源，創造財富和機遇，為資產增值；而中產的一群收入和資產相對穩定，資產增值追不上進度，逐漸下流到社會的中下層，甚至成為貧窮人口，令整體人口收入呈M型分佈。也就是我們常說「貧者愈貧，富者愈富」的貧富懸殊現象。

貧窮線(Poverty Line)：能滿足基本生活所需的最低收入水平。通常根據一個成年人一年在衣、食、住、行等各方面的日常生活基本開支估算，可能因應國家/地區和消費水平有所不同。

堅尼系數(Gini Coefficient)：一個用來量度社會收入不平均程度的比例數值。堅尼系數的數值介乎0和1之間，愈接近0表示收入分配愈平均，愈接近1表示收入分配愈不平均。一般而言，低於0.2表示極低程度的收入不平均，0.2至0.29表示低程度，0.3至0.39表示中程度，0.4至0.49表示高程度，0.5以上表示極高程度。0.4是收入分配差距的「警戒線」，超過「警戒線」，貧富懸殊便會較為容易引起社會階層的對立和分化。

經濟撫養比率(Economic Dependency Ratios)：沒有參與經濟活動人口數目相對於每1,000名有參與經濟活動人口數目的比率。也就是每1,000名有參與經濟活動的人口，在經濟上要支持多少名沒有參與經濟活動的人口的生活開支。

基層兒童：生活在貧窮線以下的兒童，其家庭收入一般為其他相同規模家庭收入中位數的一半或以下。

窮忙族(Working Poor)：有工作收入但相對貧窮的一群。他們有在認真努力工作，但就是在「瞎忙」，工作時間長之餘，薪水不足以維持理想的生活質素，工作上獲得的成就感和滿足感也不多。

月光族(Moonlights)：有工作收入卻沒有剩錢和儲蓄的一群。他們往往因為生活開支多於收入，在還沒發薪之前就把手上的錢花光，甚至要「負債」，向家人朋友借錢度日。

啃老族(Not in Education, Employment or Training)：到了就業年齡而沒有工作的一群。他們因為不同的原因，沒有很積極地進修、升學或規劃職涯，在經濟、住屋或是日常生活等範疇上需要家人的照顧和幫忙。

N無人士：無物業、無入住公屋、無領取綜援的低收入人士，例如窮忙族、劏房住戶。他們因為種種原因，未能受惠於社會福利，包括政府對基層的援助，以及在經濟不景時推出的抒困措施。

下流老人：因年歲漸長而生活質素下降的一群。他們因為收入減少，財政儲備不足，加上缺乏家人或朋友的支援，醫療、照顧及福利制度不完善等因素，生活變得愈來愈窮困，愈來愈孤單。

新興詞彙和流行潮語有創意又夠「貼地」，生動傳神地道出了香港人貧窮的悲哀！

貧窮的高闊深

香港政府在2021年底發布了一份《2020年香港貧窮情況報告》(Census and Statistic Department, 2021)。報告將貧窮線定義為每月住戶收入中位數的50%。如果每月住戶收入低於以下數字，便屬於「貧窮」。

一人：$4,400

二人：$9,500

三人：$16,000

四人：$20,800

五人：$20,000

六人及以上：$21,900

根據這些數字，香港在2020年的貧窮人口達165.3萬，貧窮率為23.6%。也就是說，我們當中大約每四個人就有一個屬於貧窮人口。數字創下自2009年以來香港貧窮人口的嶄新「高度」。

香港的貧窮豈止有「高度」，還很有「闊度」！

不同的年齡層都有窮人，當中以較少參與經濟活動的年齡組別貧窮率相對較高。65歲以上長者的貧窮率為最高(約58.4萬人；45%)，其次為18歲以下兒童(約27.5萬人；27%)，及 18至64歲的成年人(約79.4萬人；16.9%)(Census and Statistic Department, 2021)。

不同的地區也有窮人。香港十八區的貧窮人口由約2.6萬到19.1萬不等；貧窮率由16.9%到28.8%不等。觀塘區在貧窮人口及貧窮率皆為眾區之首(貧窮人口：約19.1萬；貧窮率：28.8%)。其他貧窮率較高的地區包括葵青(約13.3萬；27.5%)、黃大仙(約10.8萬；27.1%)、北區(約8.2萬；27%)和深水埗(約10.9萬；25.7%)(Census and Statistic Department, 2021)。

有樓窮，沒有樓也窮。貧窮人口中大約有69萬(41.7%)為有樓人士，其中更有58.1萬人是沒有按揭供款或借貸的

(Census and Statistic Department, 2021)；需要租住私人房屋的低收入及中低收入住戶中，租金分別佔住戶收入的93.1%及42.8%，能用於日常生活的收入可謂所餘無幾(Research Office Legislative Council Secretariat, 2023)。

有工作窮，沒有工作也窮。貧窮人口中，有48.7%為在職人士（人數約80.5萬；貧窮率：13.6%)；43.1%沒有從事經濟活動人士，包括兒童、長者、學生和長期病患者等(人數約71.3萬；貧窮率：77.9%)；8.1%為失業人士(人數約13.4萬；貧窮率：82.7%)(Census and Statistic Department, 2021)。

「高度」和「闊度」以外，香港的貧窮有「深度」。

如果將全香港住戶按收入由低至高分為100等分，百分位0為收入最低，百分位100為收入最高，我們會發現，收入較低的第10個百分位住戶，每月收入不升反跌，由1996年的5,400元下降至2021年的4,700元，跌幅達13%；相反，收入較高的住戶每月收入卻呈按年上升的趨勢，而且收入愈高，升幅愈大。收入較高的第90個百分位住戶，每月收入由1996年的49,300元增至2021年的90,700元，增幅達84%(Research

Office Legislative Council Secretariat, 2023)。

這樣的情況也反映在貧窮人口收入和貧窮線的差距之上。貧窮人口每月平均收入和貧窮線的差距由2009年的3,900元擴大至2020年的6,300元。也就是說，假設我們要將貧窮住戶的每月收入提升至貧窮線水平，每年所需的財政支出估算會由2009年的254億元增加至2020年的535億(Census and Statistic Department, 2021)!

換而言之，貧窮人口與非貧窮人口之間收入的差距是愈拉愈遠了。

「多維度」的貧窮，令香港的堅尼系數由2001年的0.525，上升至2016年的0.539。堅尼系數超過了0.4的「警戒線」，表示香港的貧富懸殊程度極高。

參考資料:

HKSAR Census and Statistic Department (2021). Hong Kong Poverty Situation Report 2020. Retrieved from https://www.censtatd.gov.hk/en/EIndexbySubject.html?scode=461&pcode=B9XX0005

Research Office Legislative Council Secretariat (2023). Characteristics of Low- and Lower-middle-income Households. Research Brief Issue No. 2 2023. Retrieved from https://app7.legco.gov.hk/rpdb/en/uploads/2023/RB/RB02_2023_20230804_en.pdf

3.2

貧窮，限制了人生

Happy Friday Night。

獨自坐在海邊吹風的Connie一點也不Happy。

她不想回家，不想回到那個嘈吵又狹小的空間。Connie住的是套房，月租七千多元，在那200呎的空間，不是孩子在叫叫嚷嚷，就是老公大模廝樣地在打機看劇集，鄰房夫婦放大嗓門在針鋒相對，對面房「躁底」叔叔在無理取鬧……吵得人心煩意亂，教人透不過氣。

看著遠處三五成群的人們，聊天的聊天、喝酒的喝酒、唱歌的唱歌、跳舞的跳舞……Connie總覺得他們離自己好遠，心裡羨慕又納悶：誰不想有自己的生活？但「哪一有一錢？」她跟老公每月才賺一萬多元，上有四大長老，下有一對「孖寶」，生活可說是捉襟見肘，請不起補習，僱不起家傭，只好事事親力親為。每天工作七、八小時，有時加班一、兩小時，交通花上兩、三小時，回到家裡還得料理家務、檢查孩子的功課，週末看顧孩子、打點四大長老的生活……一星期七天，天天二十四小時，時間就是不夠用。

為口奔馳已經勞累成這個樣子，談甚麼消遣娛樂、進修學習、興趣嗜好？

沒錢，沒時間，也沒精力。

「你快樂過生活，我拼命去生存，幾多人位於山之巔俯瞰我的疲倦……」不知甚麼時候，旁邊來了一位街頭Busking歌手，握著一把木結他，唱著應景的歌曲，歌詞句句入心。

原來，貧窮說的不只是金錢物質的匱乏。

金錢以外　還有生活的限制

在2022年出版的一份文獻回顧中，研究團隊提出貧窮可以在基本生活、心理社交及行為三個層面，影響我們的身心健康（Thomson, et al., 2022）。

基本生活

因為收入有限，我們只好在衣、食、住、行等各方面嘗試節省開支：選擇一些價錢便宜但較不健康的加工食品，例如香腸、罐頭、即食麵；租住一些租金低廉但環境較差的住所，例如劏房、舊樓、唐樓；和減少娛樂消閒活動等。有為數不少的低收入人士更會嘗試「開源」，參與高危的勞動工作，延長工作時間，或同時兼任不同工作，以增加收入。

心理社交

無論是衣、食、住、行，每一樣都得「諗過度過」，生活壓力可想而知！我們還要面對家人朋輩之間有意無意的比較、旁人不經意流露的目光和嘴臉、形形色色的標籤歧視排擠欺侮……自信心、自我形象和尊嚴可說是一步一步被蠶食，有部分人甚至會開始懷疑自己的存在價值和人生意義。

行為習慣

生活在基層，我們較常接觸到的是一些不健康的生活選擇：商場看見的是快餐店、茶餐廳、售賣魚蛋燒賣炸物的小食攤檔；公園看見的是叼著香煙、喝著啤酒、玩著橋牌的叔叔嬸嬸；家裡聽到的是樓上夫婦的粗言穢語、隔壁「虎媽」在打罵孩子、樓下兄弟姊妹們的麻將耍樂、街口一眾「馬迷」的激烈叫嚷……長時間的耳濡目染，加上知識有限，一知半解，令我們容易養成不健康的行為習慣。

時間貧窮　窒礙自我成長

貧窮也牽涉時間成本（Burchardt, 2008）。

學者們認為，雖然時間的概念看似公平客觀，每個人每天同樣擁有二十四小時，但這二十四小時的分配可以因應我們所在的環境、擁有的資源而很不一樣！

一個人一天的時間主要分配在四個方面：一、生理需要，例如睡覺、進食、洗澡、上廁所的時間；二、應付工作，就是上班的時間；三、個人責任，例如做家務、照顧孩子/父母等的時間；四、自由時間，就是扣除花在以上三個項目的時間以後，剩下來的自由活動時間。

貧窮，會令我們不知不覺地被捲入「時間貧窮」的漩渦。

為了糊口，我們不得不想方設法，不是被動式OT，就是在每天八、九小時的常規工作以外再做兼職：送外賣、揸的士、收集紙皮、回收玻璃瓶/汽水罐、補習、維修……工作時間長一點就好了。

為了節省開支，我們不得不租住價錢相宜但位置偏遠的地方，上班下班、上課下課、課外活動、家庭/朋友聚會……交通時間用多一點就好了。

沒有資源用錢買服務，家庭事務就不得不硬著頭皮自己來，清潔、煮飯、照顧老幼、指導功課、安排活動、管理收入開支、家居維修保養……通通一手包辦，身兼不知多少職，打點生活的時間花多一點就好了。

應付工作、個人責任的時間每項通通多一點，可以用來滿足生理需要和自由活動的時間就少一點！連睡覺、吃飯的時間都不夠，哪來的空間培養興趣，發展志向，擴闊眼界，增值自我？

看起來很誇張？其實這些情況天天都在我們身邊發生！

貧窮限制了選擇

香港人的居住空間很狹窄。整體人均居住面積只有16平方米，大幅落後於其他先進城市如首爾(30.7平方米)、倫敦(32.6平方米)、新加坡(33.0平方米)、台北(34.3平方米)和紐約(49.3平方米)。我們當中更有21.6萬人居住在環境較不理想的「劏房」，人均居住面積只有6平方米（Census and Statistic Department, 2022；2023a）！

香港人的居住成本很昂貴。沒有樓的，整體收入中有16.7%是花費在房屋租金之上；有樓的，整體收入中有20.8%是花費在樓宇按揭供款及借貸還款之上。居住成本對於低收入人士來説更是雪上加霜！全港最低收入的10%住戶中，房屋租金佔住戶收入的54.6%，樓宇按揭供款及借貸還款佔住戶收入的73.4%(Census and Statistic Department, 2022)。

香港人的工作時間很長。我們的在職人口平均工作時間為每週40小時，當中有167.5萬人每週工作超過44小時(45%)，更有40.9萬人每週工作60小時或以上（13.4%）(Census and Statistic Department, 2023b）！在《2022年全球城市工作與生活平衡》報告中，香港工作過勞比例在全球100個城市中排行第二，而工作生活平衡則是倒數第八(Kisi, 2022）！

香港人的照顧擔子很重。在2017年，香港的總經濟撫養比率為923。也就是說，每1名有參與經濟活動的人口，就要在經濟上支持0.9名沒有參與經濟活動的人口的生活開支；而隨著人口老化，推算總經濟撫養比率更會在2066年上升至1,226，即是每1名有參與經濟活動的人口，要在經濟上支持1.2名沒有參與經濟活動的人口的生活開支（Census and Statistic Department, 2018）！除了經濟負擔，照顧還需要付出時間。香港社會服務聯會的研究估算，香港有超過112萬名照顧者與殘疾人士、長期病患者或長者同住；而照顧者每星期照顧時數的中位數為62小時，照顧年期長達12年（香港社會服務聯會, 2021）。不只是成年人，基層兒童也得分擔家庭照顧責任。香港社區組織協會的研究發現，受訪的基層兒童平均每月花40小時來照顧家庭，令人關注到家庭照顧責任可能為兒童帶來的安全風險，以及對他們學習、身心發展的影響（香港社區組織協會, 2021）。

貧窮，限制了生活的選擇，也侷限了我們能投放在個人成長和才能發展的資源、時間和精力！久而久之，我們就只有被迫在貧窮的漩渦中打轉，不知要到甚麼時候才能轉得出個方向。

窮，我有得揀？

參考資料:

Burchardt, T. (2008). *Time and income poverty*. LSE STICERD Research Paper No. CASEREPORT57.

HKSAR Census and Statistic Department (2018). Hong Kong Monthly Digest of Statistics. Feature Article: Dependency Trend in Hong Kong. Retrieved from: https://www.censtatd.gov.hk/en/EIndexbySubject.html?pcode=FA100272&scode=200

HKSAR Census and Statistic Department (2022). Hong Kong 2021 Population Census - Main Results. Retrieved from: https://www.censtatd.gov.hk/en/EIndexbySubject.html?pcode=B1120109&scode=600

HKSAR Census and Statistic Department (2023a). *Hong Kong 2021 Population Census - Thematic Report: Persons Living in Subdivided Units.* Retrieved from: https://www.censtatd.gov.hk/en/EIndexbySubject.html?pcode=B1120113&scode=600

HKSAR Census and Statistic Department (2023b). *Quarterly Report on General Household Survey*. Retrieved from: https://www.censtatd.gov.hk/en/wbr.html?ecode=B10500012023QQ02&scode=200

Kisi (2022). *Cities with the Best Work-Life Balance 2022*. Retrieved from: https://www.getkisi.com/work-life-balance-2022#table

Thomson, R. M., Igelström, E., Purba, A. K., Shimonovich, M., Thomson, H., McCartney, G., ... & Katikireddi, S. V. (2022). How do income changes impact on mental health and wellbeing for working-age adults? A systematic review and meta-analysis. *The Lancet Public Health,* 7(6), e515-e528.

香港社會服務聯會 (2021)。《照顧者喘息需要研究》調查結果報告。摘自：https://www.hkcss.org.hk/category/research-report/?lang=en

香港社區組織協會 (2021)。《基層未成年家庭照顧者的情況及需要調查報告》。摘自：https://soco.org.hk/rp20211114/

3.3

可怕的
稀缺心態

———

巴士上，幾位大媽你一言我一語，滔滔不絕地慨嘆著年輕人「唔識諗」。

「現在的年輕一代多幸福，衣食住行樣樣不缺，哪會捱餓、捱凍？不夠生活費，父母家人紛紛趕過來補貼接濟！哪裡像我們當年，上有父母，下有弟妹，沒日沒夜地工作，省吃儉用，才能勉強支付家用，生活多麼艱苦！」

「就是嘛！總是在呻窮、呻苦、呻日子難過！有錢不好好儲起來，天天就是在吃喝玩樂，不是到網紅咖啡店打卡，就是買名牌買奢侈品買新玩意，心血來潮住酒店Staycation，久不久來趟旅行見識世界，興之所至又去一年半載工作假期……不窮才有鬼！」

「窮還不是自找的！又說要及時行樂，又想有樓、有車、有狗仔，又想提早退休……哪來的『大想頭』？大概是家裡照顧得太好了，整天在發白日夢！」

後方坐著的兩個年輕人互相對望了一下，翻了個大大的白眼：算了，反正你們不會明白，因為你們根本不知道「窮」為何物！

大媽們說的沒有錯，年輕人也有自己的道理，說來說去說不通，因為他們說的是兩種不同的「窮」（Hagenaars & De Vos, 1988）！

客觀貧窮Vs.主觀貧窮

上一輩說的「窮」，似乎比較接近客觀貧窮（Objective Poverty）的概念——客觀物質條件的缺乏，包括「生存」的基本條件，例如足夠的食物、清潔的食水、安全的住處、合適的衣服等；和維持合理生活水平所需的用品或服務，例如家裡有穩定的網絡、可以使用的手提電話、日常的家品電器等。

年輕人說的「窮」，大概比較偏向主觀貧窮（Subjective Poverty）的概念——主觀匱乏的感覺，就是覺得自己擁有的未能滿足自己需要的。這裡的「擁有」和「需要」是主觀的，不一定與實際收入、支出和資源掛鉤。我們很可能已經滿足了生存的基本條件，也能維持合理的生活水平，但仍然覺得生活「不夠好」！「不夠好」的感覺很多時候受著社會文化和心理因素影響，源於人與人之間的比較，人無我要有，人有我要有，人有我要優！

稀缺心態影響認知功能

美國行為經濟學家Prof. Sendhil Mullainathan和認知心理學家Prof. Eldar Shafir認為，「不夠好」的感覺其實是一種「稀缺心態」(Scarcity Mentality)，會影響我們的思維、決策和行為模式(De Bruijn & Antonides, 2022；Mullainathan & Shafir, 2013)。

他們提出，稀缺心態會令人內心不踏實，感到焦慮、不安，覺得生活充滿了不確定、未來沒有保障……我們會以為自己的生存受到威脅，於是本能地進入「求生模式」。在這個模式之下，我們會以「保命」為目標，「集中火力」將所有的認知資源(Cognitive Capacity)投放於處理有可能威脅自己生存的情況。

End

認知資源重新導航：我們會將所有心思都投放在自己認為稀缺的事物或資源上，對它們特別敏感，全神貫注地在自己所在的環境中搜索它們，或是嘗試用不同的途徑來得到它們。

不由自主的忽略：每個人的認知資源都是有限的，當我們將心思投放在稀缺的事物或資源上，能投放在其他事物的認知資源就變得有限，對它們的敏感程度也會相對減少，甚至會視而不見。

高階認知功能的調整：同樣道理，我們能夠投放在高階認知功能，包括分析、組織、計劃、解難、自我控制、風險評估等的認知資源也會相對減少。

與其他身心反應一樣，這個「集中火力」的策略經歷了幾千萬年的進化還能保留下來，自然有其存在價值。它可以幫助我們更有效率地調配資源，迅速回應眼前的緊急狀況，從危機中存活下來。不過，當稀缺心態持續，我們長期處於「求生模式」，頭腦便容易「當機」──我們容易變得目光短淺、思維狹隘、衝動、失去耐性、不顧後果、對危機視而不見、做出一些看似不合常理的決定和行為。

理論很複雜，道理很簡單。

當手頭上的工作限期到了，我們會感受到時間稀缺，自然就不知哪來的狠勁，變得異常專注和有效率，將全副心思放在工作上，甚麼IG、Facebook、Whatsapp⋯⋯可以統統不看，與伴侶的約會可以放在一旁，連吃飯、睡覺、上廁所的需要也可以不顧，更不用說下星期的生日派對、下個月的旅行路線、半年後的進修大計了。一般情況下，這股狠勁不會持續很長的時間；當我們完成手頭上趕急的工作以後，感覺時間不再那麼稀缺，生活又會回復到日常的步調。

這樣的彈性調節，是生存之道，很合理！可是，如果長期處於「趕死線」的時間稀缺狀態，我們可以想像得到自己的生活、家庭、社交、未來會變成甚麼樣子！不只是頭腦，連身心都會「當機」！

兩位教授除了發表稀缺心態這個創新的觀點，還興致勃勃地進行了不少有趣的實驗和研究來進一步了解這個「當機」狀況（De Bruijn & Antonides, 2022；Mani, Mullainathan, Shafir & Zhao, 2013；Mullainathan & Shafir, 2013）！

他們在美國的一個商場邀請了一些途人思考一道情境題：參加者因為某些原因而需要維修汽車，並支付一筆為數150美元或是1,500美元的維修費用。他們可以選擇一次付清、借貸付款或是延期維修。在思考情境題的同時，參加者還要接受兩項認知功能測試——智力測試和反應抑制功能測試。結果發現，在維修費用低廉的情境中，收入較高和收入較低的參加者在認知功能測試的表現差別不大；但在維修費用高昂的情境中，收入較低的參加者在認知功能測試的表現就明顯較差。所以，光是想像自己有機會面臨大額的經濟損失，就足以影響我們的認知功能！

另一項研究訪問了印度鄉郊地區種植甘蔗的農夫。這個地區的農夫有一個特別之處，他們的全年總收入有60%都是在甘蔗收成賣出之後一次過獲得的。也就是說，一年之中，農夫的經濟狀況在甘蔗收成賣出後相對充裕，在甘蔗接近收成時則相對緊拙。研究團隊把握這兩個關鍵的經濟狀況轉換時間點，分別與參與研究的農夫進行兩次訪談，內容包括他們的主觀經濟壓力、債務情況及兩項認知功能測試——智力測試和反應抑制功能測試。結果顯示，農夫在經濟緊拙時，認知功能測試的表現相比在經濟充裕時明顯較為遜色。這個在真實情境進行的研究，結果與之前的假設情境實驗很一致。看來，經濟緊拙造成的稀缺心態真的會令人「當機」！

當然，研究和實驗有它們的限制，也惹來不同的討論和爭議。高深的辯解分析，我們就有請專家和學者們繼續多多努力了。但是，稀缺心態的觀點，的確為我們提供了多一個角度，思考和理解人們在覺得生活「不夠好」的狀態下所做出的決定和行為。

看到這裡，不知道大家會如何理解以下各種經常出現在我們身邊的社會現象呢？

明知道飲食習慣影響身體健康，但價格低廉的不健康食品依然大有市場。

明知道讀書可以裝備未來，總有年輕人選擇輟學去工作。

明知道耗費時間精力，偏偏有一群人熱衷於四出搜尋優惠，排隊搭車「掃平貨」。

明知道輸多贏少，抽獎、賭博、投機活動總有「鐵粉」，永遠有人覺得自己可以以小博大、一夜暴富。

明知道容易受傷，總有人願意鋌而走險，參與高危工作。

明知道有很大機會受牢獄之苦，總有人從事走私、販毒等非法的活動。

稀缺心態，難道真的會令我們失去理智？

在這個衣食不缺的年代，我們稀缺的，又是甚麼？

參考資料：

De Bruijn, E. J., & Antonides, G. (2022). Poverty and economic decision making: a review of scarcity theory. *Theory and Decision*, 92(1), 5-37.

Hagenaars, A., & De Vos, K. (1988). The definition and measurement of poverty. *Journal of human resources*, 211-221.

Mani, A., Mullainathan, S., Shafir, E., & Zhao, J. (2013). Poverty impedes cognitive function. *science*, 341(6149), 976-980.

Mullainathan, S., & Shafir, E. (2013). Scarcity: Why having too little means so much. Macmillan.

3.4

窮養人生的智慧

長假期的週末，百無聊賴地在滑手機。

打開IG，朋友們的限時動態不停更新。

朋友A「家鄉」逍遙遊，去了久違了的日本，在富士山前打個卡，風呂浴場泡個湯，身心大舒暢。

朋友B一家大小親子樂悠遊，到本地農莊露營度假，親親草泥馬，體驗大自然生活。

朋友C大婚將至，倆口子馬不停蹄籌備婚禮，忙得不可開交之餘，也不忘放上頭貼頭、鼻貼鼻的甜蜜合照，忙中放閃曬恩愛。

朋友D大街小巷穿梭漫遊，拿著單鏡反光相機，隨心而行，隨感而拍；鏡頭下的城市街角，滲透著淡淡的藝術感，散發著濃濃的人情味。

朋友E與閨蜜姊妹們Afternoon Tea，人美得像Model、景美得像油畫、點心更是精緻得像藝術品，教人羨慕妒忌恨。

朋友F和大班朋友在家中「夜繽紛」，喝酒、打機、煲Netflix、麻將、啤牌、Boardgame、BBQ、打邊爐……通宵達旦、不醉無歸！

看著真是自討沒趣，人家的生活是如此多姿多采，自己卻獨自頹在家中耍廢。

算了！乾脆關上IG，眼不見為乾淨，沒有比較沒有傷害。

有比較便有傷害

稀缺心態很多時候源於比較，而比較需要一個參照標準。

社會比較，說的就是人們會傾向以社會上其他人作為參照標準，來衡量自己的個人成就和社會價值（Festinger,

行

1954；Taylor-Jackson & Moustafa, 2021）。

上一代人的參照標準，是「想當年」的收入和生活水平。那個年代，大多數人都活在基層，追求的是有瓦遮頭、三餐溫飽。日子的確是窮！是艱難！但當身邊人人如此，反而成了生活日常，沒有比較，沒有傷害。

這一代人的收入和生活水平改善了，參照標準也提高了。我們當中有更多人講求生活質素、消閒活動、享受娛樂、新奇玩意、有趣見聞……大家似乎也更習慣使用不同的社交平台，與朋友、朋友的朋友、朋友的朋友的朋友、志同道合的人，甚至是路過的陌生人，分享經驗和資訊。「呃Like」也好、炫耀也好，資訊的流通造就了人與人之間的比較，容易令我們覺得自己方方面面都「不夠好」！

「不夠好」的感覺，會耗費認知資源，令我們方寸大失、迷失自我！人家旅行我又覺得自己要旅行、人家親子遊我又覺得自己要親子遊、人家結婚我又覺得自己要結婚、人家學攝影我又覺得自己要學攝影、人家Afternoon Tea我又覺得自己要Afternoon Tea、人家「夜繽紛」我又覺得自己要「夜繽紛」……人有我無、人做我不做，彷彿是被比下去！結果是「坐這山、望那山」，忙得頭昏腦脹，花了金錢時間精力，換來的不過是人有我有，不見得特別投入享受，最後苦了自己。

原來一切都是稀缺心態作祟，令我們頭腦「當機」，確實是身不由己。

那麼我們要怎樣在社會比較的亂流下平安自處？

學習Ikigai生活智慧

日本沖繩百歲「爸爸媽媽」們的Ikigai生命哲學可能可以給我們多一點啟示。日文的Ikigai，其實是「生存的價值」的意思。簡單來說，就是找一個讓我們每天早上堅持起床的理由。

千萬不要誤會，Ikigai生命哲學不是那種拯救地球、改變世界、貢獻社會的崇高理想，它更接近一種一步一腳印的生活態度：從日常的微小細節開始做多一點，讓自己每天向前邁進一小步，學懂尋找生命中的小幸福（Taylor-Jackson & Moustafa, 2021）。

大家也可以試試根據Ikigai的四個部分，列出自己專屬的項目：

1. 自己享受的事情（What you love?）：我們很喜歡、很投入、做起來充滿熱情和衝勁的事情；做的時候，自己會很享受，可以廢寢忘食，完全不會感到疲累。

2. 世界需要的事情（What the world needs?）：我們希望世界能有一點改變的部分。從自身出發，將自己相信的價值觀、信念，在日常生活中實踐，通過行動感染身邊的其他人。

3. 賺取生活費的事情（What you can be paid for?）：這個很現實，因為我們需要收入來養活自己。能維持生活的基本開支，我們才有條件追求其餘三個部分。

4. 自己擅長的事情（What you are good at?）：自己做起來輕鬆不費力，而其他人相對沒有自己做得那麼好的事情，也就是自己優點、特長、技能等。

之後，我們要嘗試從上面列出的項目中，歸納整理出重疊的項目：

1. 使命（Mission）：自己享受的事情＋世界需要的事情=滿足感和成就感

2. 職業（Vocation）：世界需要的事情＋賺取生活費的事情=維持生活開支和貢獻社會
3. 專業（Profession）：賺取生活費的事情＋自己擅長的事情=個人的成長、發展和進步
4. 熱情（Passion）：自己擅長的事情＋自己享受的事情=生活的動力和樂趣

這些重疊的項目，就是我們可以每天做多一點，向前邁進一小步，尋找小幸福的事情！

Ikigai生命哲學的背後，是心流體驗（Flow）和成長心態（Growth Mindset）。

心流體驗說的是全神貫注的精神狀態。在這個狀態下，我們會沉浸在自己參與的活動之中，忘卻時間、空間、環境，進入一個身心亢奮愉悅、創造力和效率都發揮到淋漓盡致的忘我境界（Czikszentmihalyi, 1990）。

成長心態（Growth Mindset）認為一個人的天賦和才能是能夠通過不斷努力學習和鍛鍊來提升的，所以我們重視的不是結果和成就，而是學習了甚麼、進步了多少。對於改變和挑戰，有著成長心態的人抱持更開放的態度，敢想敢做，並更能堅持到底（Dweck, 2006）。

Ikigai生命哲學就好比人生的GPS ，認清了人生中的四大定位（使命、職業、專業和熱情），我們會發現即使前路縱橫交錯，身邊充斥著社會比較，自己仍然可以專心致志地繼續做自己的事情，心無旁騖地朝著理想進發。而無論我們最終是否能夠到達終點，自己也能夠在過程中享受投入，累積經驗，不斷學習、進步和成長。

Ikigai 也告訴我們，每個人的定位、路線、步伐都是獨一無二的。所以，別人擁有甚麼、追求甚麼、享受甚麼，其實跟自己沒有那麼大關係。社會比較沒有了參照標準，稀缺心態也自然不能成立了。

沒有了稀缺心態，不再追求人有我有，生命變得簡樸而精緻，我們才有空間回歸初心，在生活中深耕細作，經營自己的專屬人生。

有時候，為自己留一點白，日子才會過得有質感，生活才有創造力，生命才會豐盛。

參考資料:

Czikszentmihalyi, M. (1990). Flow: *The psychology of optimal experience.*

Dweck, C. S. (2006). *Mindset: The new psychology of success*. Random house.

Festinger, L. (1954). A theory of social comparison processes. Human relations, 7(2), 117-140.

García, H., & Miralles, F. (2017). I*kigai: The Japanese secret to a long and happy life*. Penguin.

Taylor-Jackson, J., & Moustafa, A. A. (2021). *The relationships between social media use and factors relating to depression*. The Nature of Depression, 171.

Chapter Four

孤獨感的交叉感染

4.1

孤獨
這一種病

孤獨，一個讓人敬而遠之的名字。

自古以來，群居一直是人類的天性。在這煩囂的城市內，我們努力地與他人連繫，渴望得到良好的社交關係與人際連繫。在我過往的臨床經驗中，曾聽過不少病人提及孤獨感與其負面影響。有時候，對一些人來說，甚至連獨處也彷彿變成一種毛病，必須要脫離或消除。

究竟，甚麼是孤獨感？

孤獨感增自殺傾向　長者首當其衝

一個常見的定義，就是當我們缺乏與別人於社交上互動及連繫所產生的感覺、一種親密關係危機(Intimacy Crisis)。值得留意的是，倘若一個人身邊圍繞著很多親朋好友，卻仍然自感格格不入，難以融入群體，他依然可以是孤獨的。由此可見，孤獨感與親友數量未必有直接關係。研究告訴我們，孤獨感與心理健康息息相關，持續強烈的孤獨感有增加抑鬱及焦慮症狀的風險，而患有心理疾病亦令人倍感孤獨。例如，患有社交焦慮症的人對社交環境感到極度恐懼，往往經常逃避社交場合，因而較難結識朋友或維繫人際關係，孤獨感便會產生。

有人形容孤獨為一種「隱形流行病」，它無聲無息地影響著社會不同年齡階層的人士。隨著人生各階段的轉變和分離、傳統家庭形式的改變、工作時間愈長、人口流動性愈高等，都可能令人產生強烈的孤獨感。根據政府統計處最新的人口普查數據，本港獨居人士的數目，於2006年至 2021年15年間上升了47%，接近54萬人。獨居人士亦有高齡化趨勢，54歲以上的獨居人士比率由2006年的38%，上升到2021年的58%。相反，45歲以下的獨居人士則由44%下降到25%。

儘管香港沒有就獨居長者的社交狀況而進行詳細研究，但由近年高企的長者自殺數字也可以看見一些端倪。本港的自殺個案於2021年就有近半數是60歲以上長者，較五年前上升約20%。誠然，長者自殺的高危因素有很多，包括身體、精神健康欠佳、遇到不愉快事件等，當中亦有性格內向、較難與人相處等因素。而後者亦與孤獨感息息相關，加上疫情時期礙於多種防疫條例限制下，獨居長者無法外出與朋友見面，亦難以如年輕一代輕鬆簡單地利用網上通訊方法與親友聯繫，因此就連日常僅餘的社交都中斷了，失去精神寄託。同時，新冠疫情奪去了不少年長人士的性命，當經歷身邊老友記相繼離去，長者的孤獨感自然愈來愈強。再者，由2019年開始愈來愈多港人離開香港移民海外，「移民遺老」現象亦頗為普遍。受多重因素影響下，年長人士的社交支援網絡在近兩、三年內逐漸減弱，便大大增強「孤獨病」的「發病率」。

年輕的孤獨感　與未來的不確定性相關

不過，別以為孤獨只是長者的專利，原來年輕人的孤獨狀況亦值得留意。香港小童群益會在2013年就青少年孤獨感進行研究，發現於青少年中平均十八人就有一人感到高度孤獨。奇怪的是，近六成青少年卻無法說出孤獨的原因。在這個資訊科技發達的年代下，或許青少年並不難建立「朋友」關係，但這些「朋友」的形式及質量往往可能存在一定限制。縱然IG、Discord等社交媒體上可以得到友誼和追隨者，但網絡世界相對上較難建立親密關係的聯繫，所以當碰上生活的實際難題時，便難以有一位真真實實的朋友共同進退，提供幫助。

另一方面，青少年的孤獨感與對未來存在不安全及不確定性的感受有關。對香港的年輕人來說，中學文憑過後的升學去向、大專畢業後的就業前景、結婚、買樓、生兒育女等等，也許這一代真的不容易，這一切都讓不少年輕人感到非常迷茫、憂慮。亦也許，這個時代的年輕人與上一代不同，這個年代的孤獨感並不純粹，夾雜著著許多負面情緒，包括對社會、對將來、對人生的憂慮、無助、憤怒及失去希望。這種不單對人際關係不滿足、更是對整個生命不滿足的感覺，難以言喻，亦怪不得一部分的青少年寧可選擇上網打機，或發白日夢來解決孤獨狀態，以逃避現實中的徬徨與無助。

港人工時長　與親友相處時間少

至於壯年人，也未必能逃離出孤獨感的陰霾。CTgoodjobs於2022年進行網上調查，發現本港有六成半的上班族每周平均工作時數為40至49小時，更有近一成人每周平均工作逾60小時。每日8至10小時的工作時間，再加上交通來回耗時，上班族能跟家人及朋友共處的時間便「買少見少」。再者，相較於四、五十年前，香港的家庭模式亦出現了不少改變。隨著傳統的家庭在社會上的角色減弱，親友分散世界各地居住，子女離港往海外升學，離婚愈來愈普遍，而單親、不婚等情況亦較以前多，當時代進步令生活愈忙碌、社會流動性更高，便有機會在社會中造就了更強的孤獨感。

不能否認的是，時代變了，以往社區與社區間、親人與親人間、人與人之間的相處模式在大時代下悄然改變。改變自然帶來機遇，同時亦可能暗藏著代價，而孤獨或許正是時代進步下的副產品。不過説到底，人具備適應性，能學習克服由改變帶來的困難，從而開創一個更為美好的將來。

最後，無論你是否「姜糖」，也送你幾句《孤獨病》的歌詞，作為總結。

> 普天之下病人無數 記住你心 還有願望
> 當你再哭也沒結果 找不到那心理藥房
> 別遺忘還有我 昂然在那些陰影 笑著行過
> 活著無對錯

參考資料：

Chi, I., Yip, P.S.F., & Yu, K.K. (1997). *Elderly Suicides in Hong Kong. Hong Kong: Befriender International*, Hong Kong.

Ellis WE, Dumas TM, Forbes LM. Physically isolated but socially connected: Psychological adjustment and stress among adolescents during the initial COVID-19 crisis. *Canadian Journal of Behavioural Science*. 2020;52:177–187. doi: 10.1037/cbs0000215.

4.2

擠擁城市中的情感孤立

或許，你擁有很多朋友。

Facebook朋友數百個，Instagram Followers過千，每天上班與同事午飯，星期一至五晚親友飯聚平均一週三次，而每逢週末或假日總會參加一個數十人的聚會。

你每天忙於不同的社交活動中，卻依然感到非常孤獨。

不信？

那為甚麼身在人群歡笑聲中的你，有時候卻獨自躲在派對的角落，寂寞難過得想哭？
又為甚麼半夜無眠，滑動手機檢閱自己的IG帖子按讚數之後，卻突然感到既孤獨又空虛？

也許，你以為自己已經擁有得夠多了，但奈何內心深處那一份渴望與別人連結、感到被理解、被接納的需要，卻從未被滿足？

這一種感覺，彷彿身處喧囂鬧市中的一個小孤島，身邊散落著無數個不同的臉孔，但每一張臉孔明明熟悉，卻又那麼陌生。當伸手想觸及，卻又捉不到，明明這麼近，卻又那麼遠。

這一種感覺，實在無比的孤獨。

現代人多為情感上的孤獨

現代人的孤獨感，是一種即使在社群、媒體上好友成群，卻詭異地仍舊感到非常孤立的心理狀態。

有學者曾提出孤獨的定義並非一個單維的概念，而是包含著兩個不同層面，分別為社交層面及情感層面(Weiss, 1973)。社交層面的孤獨源於缺乏社交上融洽的人際關係，而情感層面的孤獨則源於缺乏感情上的親密依附關係。這兩種不同的孤獨感，帶來的亦是截然不同的情緒。當一個人的社交網絡過於薄弱，未能滿足其社交需要，此時的孤獨感帶有一種沉悶、無聊、被排斥和被邊緣化的感覺。另一方面，當一個人喪失一段親密關係時，此刻的情感孤獨則包含著痛苦、悲傷及憂慮(Weiss, 1973)。

由此可推論出，當一個人身處群體卻仍感到強烈的孤獨時，這股寂寞難受的感覺某程度上更貼近情感層面上的孤獨。當身處派對中談笑風生、嬉笑怒罵，每個人都忙於密集式地交換資訊，那些表面的關心、內容乏善可陳的的寒暄問候、閒時八卦一下近況，究竟有多少人是真真正正關心身旁那位此刻到底有甚麼感受，嘗試深入了解這個人有甚麼想法？抑或是，大家都旨在透過人與人之間的互動，純粹想知道別人最近過得怎麼樣，從以確保自己過得還可以？説到底，我們或許能夠從這些人際互動、相互比較中找到自己的位置，卻因此逐漸讓人與人之間的連結失去真正重要的意義。

現代人的孤獨，是一種心理上的孤獨，與因物理性障礙與他人相隔無法接觸的狀態無關。即使個體總被人群簇擁包圍著，心靈仍然無比乾枯，覺得沒人理解與關心。當人際關係變得愈來愈表面，每個人都努力在速食文化中找到屬於自己的位置，那友誼、親情除了餘下一張又一張的Instagram美圖、幾個字的Caption，以及一連串的Story及Repost Story，還剩下些甚麼呢？

過度擠擁的環境　反增加個人疏離感

也有些時候，當派對狂歡過後人群散去，這一刻的孤獨感排山倒海似的洶湧過來，教人彷彿窒息。我們都誤以為能用「人」把心房填滿，但原來身處愈多人的地方，孤獨感反而愈強（Hammoud et al., 2021）。有研究發現，生活在過度擠擁的鬧市中，人們不但缺乏個人空間，更有機會感受到更大的社交孤立感及更強的疏離感(Levine, 2003；Ruge et al., 2019）。而這種在繁囂都市中感到異常強烈的孤獨感，原來跟主觀的社會包容性有關。主觀的社會包容性是指，當一個人在人群中是否感到受別人歡迎；是否感到當有需要時別人會願意伸出援手；以及覺得別人是否和自己擁有相同的價值觀。假如生活在擠擁的鬧市中，四周滿是人，卻感到極低的社會包容性，覺得不被歡迎、不被接納，亦不會有別人在意，這一種被異類化、被排斥於外的感覺，便帶來極大的孤獨及疏離感。

由此可見，在城市中感到無比孤獨，不單只是個人心理上的問題，更可算是一個社會性問題，當社會愈撕裂、凝聚力愈低的時候，人們的孤獨感就只會更強。有些人甚至認為孤獨於城市中具傳染性，那又是為甚麼呢？

孤獨具高度傳染性

過去就有研究指出孤獨感會透過社交網絡傳播，而過程可能涉及一些心理現象。首先，孤獨的人會導致身邊的人孤獨，這是由於當一個人感到孤獨，他的情緒、行為及認知都會散發出孤獨的味道，從而將孤獨感傳給別人。試想想，當一個人感到孤獨時，往往顯得焦慮、退縮、更不擅於交際、對他人存有更大敵意、對社交關係的看法亦更負面(Cacioppo et al, 2006)。以上的情感及行為將令雙方對這段關係更為不滿，甚至由於這種疏離的感覺，令雙方關係逐漸消失，因而造成他人的孤獨感。由此可見，孤獨感會減低社會中人與人之間的連結，令整個社群更為疏離、冷漠。

綜合而言，孤獨感不在於實際擁有的人際關係數目，而在於心靈上感到被接納、被明白的感覺。換而言之，要消除這一種內在的孤獨感，就要從心靈上入手，我們將會在下一章詳細討論。

參考資料:

Cacioppo JT, Hawkley LC, Crawford LE, Ernst JM, Burleson MH, Kowalewski RB, et al. Loneliness and health: potential mechanisms. *Psychosom Med 2002*;64(3):407–417. [PubMed: 12021415]

Hammoud, R., Tognin, S., Bakolis, I., et al. (2021). Lonely in a crowd: investigating the association between overcrowding and loneliness using smartphone technologies. *Scientific reports*.

Levine, R. V. The kindness of strangers: People's willingness to help someone during a chance encounter on a city street varies considerably around the world. Am. Sci. 91, 226–233 (2003).

Malcolm, M., Frost, H. & Cowie, J. Loneliness and social isolation causal association with health-related lifestyle risk in older adults: A systematic review and meta-analysis protocol. Syst. Rev. 8, 48. https://doi.org/10.1186/s13643-019-0968-x (2019).

Rugel,E.J.,Carpiano,R.M.,Henderson,S.B.&Brauer,M.Exposureton aturalspace,senseofcommunitybelonging,andadverse mental health outcomes across an urban region. Environ. Res. 171, 365–377. https://doi.org/10.1016/j.envres.2019.01.034 (2019).

Weiss RS. *Loneliness: the experience of emotional and social isolation*. Cambridge, MA. In: US: the MIT press; 1973.

4.3

學習享受
獨處的時光

———

門關上，她終於舒了一口氣。

脫下鞋子，乍看之下三百餘尺的家談不上寬敞，但卻是世界上最讓她感到舒適、放鬆的角落。為自己倒一杯紅酒、吃一口雪糕，這樣就和最愛的韓劇度過一個浪漫的晚上。

在公關及市場策劃公司工作，每天總要面對無數的人與事。說不上討厭，只是下班後那些額外的應酬、無謂的聚會，她一向可免則免。

她知道自己不算合群，也不愛吵吵鬧鬧的日子。年紀大了，愈來愈怕人多擠迫的地方。朋友不用多，有真心的幾位就足爾。有時候，她看著公司新晉的年輕同事，三五成群相約晚飯、唱卡拉OK，不禁打從心底的佩服起上來。

也不知道自哪時開始，她愛上了獨處。一個人，自由自在的不用修飾，愛做甚麼便做甚麼，愛說甚麼便說甚麼。不用考慮別人的感受，亦不用顧忌他人的情緒，卸下偽裝、脫下面具，真真正正的做回自己。

身旁的姨媽姑姐總愛問，一個人的生活難道不寂寞嗎？

她想了又想，始終不明白，一個人不好嗎？為甚麼一個人喜愛獨處，就等於一定寂寞呢？於是，她暗自許下心願，總有一天，她一定要為獨處好好平反一番。

喜愛獨處，真的不等於孤獨呀！

獨處≠寂寞

很都人都說人類是群體的動物，也許如此便令人產生一個概念：當一個人獨處的時候，就自然會感到寂寞。

不過，獨處與寂寞絕非相同概念，而要深入了解獨處與寂寞的區別，我們便先要分辨獨處與寂寞兩者的不同。簡單來説，獨處是一種物理狀態，而寂寞是一種情緒感受。有些人花很多時間獨處，卻依然繼續快樂地生活，絲毫也不感到寂寞。由此可見，獨處並不是一種毛病，而是一種生活的選擇。

而要學習面對和處理孤獨感的基本條件，便是要先學會獨處。對一部分人來説，獨處是一件十分不自在的事情，尤其對於習慣被人群簇擁，以社交關係來排解內心寂寞的人來説，獨處的時光更是顯得可怕。

獨處的優點　聆聽內心的聲音

但其實，獨處是一種非常特別的時光，讓我們可以赤裸裸地、以最原始的方式來面對最真實的自己，無需修飾任何事情；你的思想、你的情感將可以如實地呈現。換言之，獨處為我們提供了一個可貴的機會，學習與自己相處。透過獨處的時間，我們就可以嘗試了解、反省關於自身的事情。很多時於日常生活中，我們的思緒經常被外界瑣事一一佔據，於人群之中亦自自然然產生要討好別人的壓力，這樣的生活，有時真的很累人。

生活的瑣碎事情太多，而正正因著各種的原因，往往容易忽略了照顧自己的內在感受。然而，你可以在獨處中，透過靜

觀、冥想、寫日記，甚至光是讓自己好好安靜下來，重新與自己的內在恢復連繫，花一點時間好好聆聽內心的聲音、照顧自己的內心需要。

以下是一些值得反思的事情，你或許可以在獨處中尋找答案。

我是否忙於將目光及重心過於放在外界，而忽略了自身內在的價值？
我是否一直追求得到他人的認可，連委屈求存都在所不計？
我是否一直將自己的生活與他人的生活進行比較？
我是否容易被其他人對我的看法影響，有時甚至感到困擾？

同時，你亦可以為自己安排一些喜歡的活動，例如畫畫、種植、烹飪、做運動等，容讓自己享受心無旁騖、專注於喜好的感覺。這樣善待自己的獨處時光，其實也可以過得快樂。

摒除無法表現真我的社交連繫

面對孤獨感的第二個方法，則是建立有益身心的社交連繫，同時遠離無益的人際關係。有時候，我們會誤以為只要無時無刻身處群體，就能遠離孤獨感。然而，群體也有好壞之分，「壞」的群體令我們無法表現真我；相反，為了迎合群體而經常戴著面具做人，不但無助減低孤獨感，更會令你感到格格不入。而「好」的群體能讓你泰然自處，舒適地表達自己的性情、想法，同時感到被明白及接納。這樣的群體才值得我們找尋及維繫，寧缺勿濫。

戒掉無意義的比較

有時候，孤獨感也會基於社交媒體的展現。試想想，當你看著手機，發現別人的生活彷彿都過得比你好——他們的社交媒體每天有無數的讚及留言，朋友天天不同、節目日日新鮮。這時候，你也許會感到既羨慕，又妒忌，別人的豐盛好像正在影射你的孤獨。不過，姑勿論社交媒體的真實性(大部分人都傾向花時間將最好的一面呈現給別人看)，正如之前所述，孤獨感與親友的數量未必有關；相反，關係的質量才是最重要。因此，與其慣性留意別人的社交媒體，不如花時間面對面深化友誼的質量，也許這樣才能令你減輕孤獨感。所以，請盡量遠離這種愛與別人於社交媒體暗自比較的習慣吧，就讓自我獨處的時光，不再受其他人的生活影響。

也有些時候，孤獨感來自成長中的不同步伐。曾經的好友，如今都各有家庭、各有各忙。由從前一年幾次聚會，變到幾年一次；甚至乎只剩下寥寥幾句的問候，或最後已讀不回的藍剔。逝去的友誼，不但令人惋惜，更為我們帶來強烈的孤獨感。而這種被動的獨處時光的確並不好受，甚至乎暗暗帶著一種悲傷的味道。這時候，不妨跟自己說，每個人的生命旅程不同、步伐亦不一致。有好些人於我們的人生出現，陪我們走過一段路程然後暫別、分離，縱然傷感，卻不代表曾經歷過的時光不值得珍惜。每個人都需要朋友，差別在於今天大家走在不同的階段，因而暫別，而在這暫別的期間，讓我們好好學習獨處，安靜地等待生命中對的人再次出現。同時亦希望在不久的將來，我們還會再次相遇。

最後，本章希望能為大家打打氣，讓我們都有選擇獨處的勇氣。

4.4

重新連結

———

茶几上的啤酒喝了半罐，羅馬對AC米蘭的上半場驚喜欠奉。他打著呵欠，很累卻又不想睡。一個人觀看的球賽，真的有點郁悶。早兩週前已經嘗試相約朋友，但大家不是約了女朋友，就是沒空或沒興趣，總之就是沒有人願意赴約。

前陣子他與交往兩年半的女朋友分手，第一天晚上房子空空的，很不適應。他拿出手機，很想撥電話給隨便一個人，哪怕只是聊上兩句也好，至少可以讓那顆寂寞冷清的心得一點慰藉。但儘管他把那該死的通訊錄都「碌」過一遍，於那兩百多個名字中，依然找不到一個可以聊天的對象。那一刻，他真的感到非常非常孤獨。

有些時候，他好渴望有一個知心朋友。

他不禁反省，到底是甚麼事情出了錯？由小到大，他也不算沒朋友，甚麼足球小組、結他小組都有參加。自問也不算被動，大部分的同學聚會、公司聚餐都有參與。那會是外形問題嗎？他看一看鏡子，年過三十，外表正常、不過不失吧。而且，他過去也交過數個女朋友，至少沒人對他的外貌作出投訴。

一直以來，反而是知心好友、能長遠維繫的友誼卻真的寥寥無幾。很多時候，他的友誼就好像一期又一期的季刊，頂多能維持幾個月，過了期就會慢慢消失、褪色。

他想不明白，為甚麼自己無法跟別人建立深厚的友情，他亦好想知道，究竟該怎樣做才能真真正正的與他人連繫。有沒有一種友誼能經得起考驗，在時間的洗禮下依然屹立不倒？

他真的好想知道。

實踐同步協調　消除孤獨感

還記得孤獨的定義嗎？其中一種孤獨始於情感層面，指一個人缺乏感情上的親密依附關係，與實際的人際關係數量無關。因此，如果要消除這一種孤獨感，我們便需要與他人重新連結。而這裡指的重新連結不僅指在思想層面，而是要在情感層面上達到同步協調。簡單來說，就是和親朋好友有一種默契的感覺，一方面能感受到自己，另一方面亦能感受到對方的感覺，並與之相互連結起來。這不僅是在單一時刻，而是隨著時間的推進，依然與對方的感受維持一致及同步的感覺。而正是基於這一種情感上的同步協調，能讓我們切實感到與人連繫。更有趣的是，這種難以完全用筆墨形容的感覺，竟然於腦神經科學中找到一些苗頭。近年的研究發現，當兩個人相處時，他們之間的同步協調狀態愈高，兩人的腦電波節奏也會出奇地同步(Dikker et al., 2021)。由此可推斷，這種神奇的感情連結，與我們的大腦運作亦有莫大關係。

那麼，怎樣才可以達到同步協調的狀態，與別人重新連結起來呢？以下是一些簡單又實用的步驟，讓大家試一試。

第一步：放鬆及安定自己

與別人接觸之前學習暫時放下糾纏於腦海中的事情，並給予自己一些時間，好好安頓自己的身心靈，才能騰出空間與別人連結。你可以嘗試放鬆你的肩膀，感受一下當你吸氣時，腹部膨脹的感覺，呼氣時腹部放鬆的感覺。當你能慢慢調節呼吸，達至一個緩慢且平穩的節奏，亦能清理好其他的思緒，才展開今次的對話及相處吧。

第二步：全心聆聽

全心聆聽對方想表達的一切。這裡指的不限於對方説話的內容，更包括對方的身體語言、臉部表情、聲線、節奏、語調等等所有想傳遞的信息。你可以嘗試去感受對方真正想表達的內容，並從中找出重點。

第三步：學習理解

嘗試以對方的角度出發，去了解他或她的經歷和感受。對方的觀點和角度很可能與你的看法並不一致，有時候甚至乎有機會互相違背。你無需同意他或她的看法，但無論如可，請容許對方的世界與你的不一樣。

第四步：恰當回應

當對方分享時，請給予一些恰當的回應，尤其是當他或她談及一些個人的情緒或感受時，你可以表達出了解及明白對方的感受，並同時提供情緒支援。有時候，輕輕的點頭，或拍一拍對方肩頭，也是一種鼓勵及支持的表現。

避免跌入連結失敗的六大誤區

好了，同步協調的簡單技巧大家已經知道了，那又有沒有一些地方需要留意，不要一不小心就跌入與別人連結失敗的誤

區呢？假如你想擁有更長久、更堅實的人際關係，不妨問一問自己，有沒有下意識地做了以下的事情。

1. 過分刻意經營關係

有時候我們可能過於依賴別人，經常黏人並需要別人陪伴。當別人表現得不情願時，依然繼續要求對方維持關係的熱度。這種對人際關係的過分苛索，會對別人構成壓力，亦讓人覺得厭煩。

2. 經常抱怨、放負

作為親朋好友，有困難時當然希望彼此能夠互相分擔、互相支持。不過，假如我們每天都在向別人抱怨、放負，這樣的負能量太多，亦可能讓身邊的人感到吃不消，因而慢慢與你保持距離。所以放負、抱怨不是不能，但要懂得適可而止。

3. 為人自私，拒絕付出

人與人之間的關係雖然難以追求完全對等，不過亦期望是一種雙向、有來有往的關係。假如其中一方只顧著自己的需要，而不在乎別人的感受；又或者往往不願意為雙方的關係付出心機及時間去維繫，這樣的關係便難以長久。

4. 過度解讀別人的意思

有些時候，我們亦可能在人際關係中顯得異常敏感，傾向過度解讀他人的意思，或認為別人的每一句説話、每一個行動，都隱藏著別的意思。這樣的思維方式不但令自己因經常忙於解讀每個信息背後的意義而疲累不已；同時亦為別人附加上很多不盡不實的前設，更甚的是，這些前設往往與真相有很大差距，令原本簡單的事情複雜了起來。

5. 有事鍾無艷，無事夏迎春

人際關係需要花心思及時間去維持，假如你只在有需要時才找對方，而無需要時則把人家拋諸腦後；又或者，當你正在開展新的人際關係時，便隨即忽略現有的關係，這樣不但令對方感到備受傷害，更有機會因而疏遠你。

6. 經常沒安全感，又容易吃醋

每一個人都有私人空間，你的親朋好友也有結識他人的權利及需要。嘗試不要因為別人有其他親密的人際關係而感到生氣或害怕，更千萬別對他們作出情感勒索，這樣的行為只會令人感到非常難受，繼而逐漸疏遠你。

即使你曾經犯過，甚至正處於上述的關係連結失敗誤區之中，並不等於你無法建立親密且長久的人際關係。記著，我們每一個人都從無數的人際關係中不斷學習，不停進步。所以，假如本章給了你一點啓示，不如就由今天開始，嘗試戒掉壞習慣，重新出發，學習如何與人連結吧！

參考資料：

Dikeer, S., Michalares, G., Oostrik, M., Serafimaki, A., Kahraman, H. M., Struiksma, M, E., & Poeppel, D. (2021). Crowdsourcing neuroscience: Inter-brain coupling during face-to-face interactions outside the laboratory. *Neuroimage*, 227.

Chapter Five

男言之隱

5.1

男人的
角色

打從呱呱落地的那一刻起，我便是一個男生。

爸爸媽媽第一天從醫院帶我回家，身上的衫、褲、鞋、襪、手套、帽子，家中的嬰兒床、被子、奶樽……清一色的藍調子。為何沒有粉紅色？

懂得玩玩具了，公公婆婆、爺爺嫲嫲送來的不是玩具車就是超人、機械人、模型、積木。為何沒有毛公仔、煮飯仔、Barbie？

出去玩了，叔叔、姨姨說要多跑動、蹦蹦跳跳才像個男孩，半哄半騙要我大膽一點爬高高、活潑一點走繩網。為何不可以安安靜靜站在一旁聊聊天、看看書，或是玩玩拋手帕、估領袖？

跌倒受傷了，我痛得連淚水都要跑出來。舅父硬要我自己站起來，還說「男人大丈夫，留血不留淚」，滿眶眼淚只得硬生生地吞下去。為何不可以掉眼淚？為何沒有抱抱和安慰？

學校選擇課外活動，老師勸說我去踢足球、打籃球、耍功夫、學奧數、玩STEM。為何不可以跳中國舞、芭蕾舞、練體操？

中學選科了，家長們說男孩子有頭腦、邏輯強，應該要選理科、讀科學，將來要做醫生、工程師、建築師、科研人員，才「有出色」、「有前途」。難道不可以喜愛文學藝術，鑒賞古今鉅著，進修音樂繪畫？

成家立室了，親朋戚友苦口婆心地提醒我「男主外、女主內」，男人要專注拼搏事業，才可以養妻活兒。為何不可以「宅在家」、「做奶爸」？

曾經有過這樣的疑問嗎？

很多時候，在我們還未有意識知道自己的性別之前，性別定型（Gender Stereotypes）就已經無聲無息地滲透我們的生活。

性別定型，是好？是壞？

性別定型，是指社會大眾對特定性別的既有觀感，包括性格、特質、行為、能力等。社會角色理論（Social Role Theory）認為，性別定型源於男女在社會擔當的角色不同。角色不同，意味著承擔的責任和工作不同，也令我們呈現的性格特質和行為表現，需要學習和發展的能力和技巧有所不同，從而建構了大家心目中男性/女性「應該有」的形象（Koenig & Eagly, 2014）。

自古以來，男性的社會角色，以保家衛國、打獵謀生為主，他們會傾向展現出自己的獨立自主、勇敢堅強、理性機警；而女性的社會角色，則以照顧家庭、教育孩子為主，她們會較多表現出自己的溫柔體貼、感性敏感、善於溝通。所以說，男性不一定沒有柔情似水的一面，女性也不一定沒有剛如磐石的一面，只是實際生活中，他們沒有需要表現出這些性格特質、發展這些能力技巧而已。

性別定型的概念很特別，它會透過社會教化的過程（Socialization），潛移默化地影響我們對自我身份的理解和認同（Ellemers, 2018；Hentschel, Heilman & Peus, 2019）。

資訊處理：

性別定型是一個幫助我們更有效率地整合和組織資訊的認知策略。因為性別定型，我們不用太多解說，就可以大概知道男性和女性各自的性格、特質、行為、能力等。不過，性別定型有機會造成認知偏頗。我們會偏向特別容易接收、處理和記住符合性別定型的資訊，並自動過濾一些與性別定型不相符合的資訊。

社交溝通：

因應男性/女性的身份，我們與身邊的家人朋友，以至於整個社會的互動也會有不同。從小我們就會意識到自己應該穿甚麼衣服、玩甚麼玩具/遊戲、參與甚麼活動、選擇讀甚麼科目做甚麼工作、説話的語氣用詞應該怎麼樣、坐著站著應該用甚麼姿態、情感表達應該怎麼樣⋯⋯符合性別定型的部分，會被認為是與生俱來的天賦和優勢，容易得到別人的認同和鼓勵；不符合性別定型的部分，則會被認為是後天刻意經營的結果，容易惹來別人的議論和批評。大眾媒體也會有意無意地推波助瀾，在報道、電視節目、戲劇、廣告中塑造男性/女性的理想形象。

審查設限：

資訊處理和社交溝通，令我們逐漸把外界的性別定型內化，變成了自我形象的一部分。這個自我形象可真厲害！它就好像我們內心的一把尺，用來量度和審查自己/別人有多符合性別定型。我們會不知不覺間認同、跟從和實踐這個內化的性別定型，並將不符合性別定型的性格、特質、行為、能力等通通拒諸門外，甚至加以貶低否定。

最後，性別定型影響了行為表現，行為表現又加強了性別定型，造就了自我實現的預言（Self-fulfilling Prophecy）。我們對於男性/女性的性別定型，也就愈來愈牢不可破了。

男士們，懂了吧？一切可能是因為性別定型。

可不要忽視性別定型的威力，它有可能會令男士們的情感需要被忽略，影響他們的身心健康（McKenzie, Oliffe, Black & Collings, 2022；Smith, Mouzon & Elliott, 2018）！

男士的情感需要　較常表現於行為

每一個人都有情感需要，但由於性別定型，男士們的情緒表達往往來得內斂克制，特別是抑鬱、焦慮、恐懼、哀傷、羞愧、內疚等相對內在的情緒。情緒本來是一個表達需要的訊息，告訴自己/別人，我們正面對一些狀況，有可能需要支持和幫忙。這些需要，卻很多時候被理解為「示弱」的表現，與男士們強悍獨立的形象有所違背。因此，很多男士們都不太願意、懂得或習慣表達自己的情感和需要，又或者會選擇用一些較為符合男性形象的方式表達，例如憤怒、暴躁、發脾氣等。他們亦較傾向獨自解決問題，不容易向別人尋求協助。即使迫不得已需要尋求協助，男士們也會側重於金錢和物資等的實際援助，而不是抒發情緒和尋求安慰。

不少研究發現，男士們並不是沒有情感需要和情緒困擾，只是他們的表達方法和我們一貫認知的愁眉苦臉、哭哭啼啼不太一樣；他們較常以外在行為發洩，例如吸煙、飲酒、濫用藥物、暴力行為、傷害自己等。統計數據更顯示，男性因為自殺而死亡的人數比女性高二至四倍（Dattani, Rodés-Guirao, Ritchie, Rose & Ortiz-Ospina, 2019）！

男士們，當下一次留意到自己「忟忟憎憎」、想「掟嘢」、想打人、想吸煙飲酒、想傷害自己……很可能就反映著我們有一些情感需要未得到處理，值得多加留意。

當然，我們在這裡只可以很籠統地總結學者們和研究團隊的觀點和對大多數人的觀察。即使天生不是女人，性別定型對男性自我身份和身心健康會有怎麼樣的影響仍然可以取決於很多其他不同因素，有待我們多多探索。

參考資料：

Dattani, S., Rodés-Guirao, L., Ritchie, H., Roser, M. & Ortiz-Ospina, E. (2019). *Suicides*. Retrieved from: https://ourworldindata.org/suicide

Ellemers, N. (2018). Gender stereotypes. *Annual review of psychology*, 69, 275-298.

Hentschel, T., Heilman, M. E. & Peus, C. V. (2019). The multiple dimensions of gender stereotypes: A current look at men's and women's characterizations of others and themselves. *Frontiers in psychology*, 11.

Koenig, A. M., & Eagly, A. H. (2014). Evidence for the social role theory of stereotype content: observations of group's roles shape stereotypes. *Journal of personality and social psychology*, 107(3), 371.

McKenzie, S. K., Oliffe, J. L., Black, A. & Collings, S. (2022). Men'sexperiences of mental illness stigma across the lifespan: a scoping review. *American Journal of Men's Health*, 16(1), 15579883221074789.

Smith, D. T., Mouzon, D. M. & Elliott, M. (2018). Reviewing the assumptions about men's mental health: An exploration of the gender binary. *American journal of men's health*, 12(1), 78-89.

5.2

藏於心底的
浪漫

午飯時間，茶餐廳來了不少熟客。

「輝哥，豆腐火腩飯、凍鴦！」

是「的士陳」。挺著大肚腩的他鑽不進卡座，熟練地走到右邊角落的一張圓枱，默默地坐下來，施施然等吃飯。老闆輝哥知道，應該是這陣子市道不景氣，生意淡泊，他才有空坐下來吃個午飯。以往生意好的日子，他總是中氣十足地叫著「菠蘿油、蛋撻、凍啡、行街」，神采煥發地炫耀著自己的手機響個不停，忙得連坐下來吃個「碟頭飯」的時間都沒有。

「老闆，兩個豆腐火腩飯加底、凍檸茶、茶走！」

又來兩個失意人。

為情所困的兩兄弟各自坐在卡座的一端，低著頭漫無目的地滑手機。

皮膚黝黑的哥哥是地盤工人，結婚七年，老婆總嫌他「老粗一個」、不解溫柔、欠缺浪漫……他也著實搞不懂另一半的心思，東奔西跑左忙右忙就是不達標！兩口子的生活愈來愈不協調，溝通也愈來愈不順心，乾脆早出晚歸躲著對方，不見面不說話省得吵架。唉！枕邊人變陌路人，大概這就是七年之癢吧。

外表斯文的弟弟是地盤科文。這些年來，他為了與未婚妻結婚，一直努力奮鬥，半工讀完成大學課程，兼職羽毛球教練賺外快、省吃儉用儲首期……好不容易求婚成功，未婚妻竟然在一夜之間消失無蹤，電話、訊息、社交平台通通失聯！到底自己做錯甚麼要這樣「被分手」？

輝哥從小看著兩兄弟長大，不禁輕輕搖頭。

「豆腐火腩飯、多汁、例湯！」

正叔拄著枴杖緩緩地走到二人卡座，等待著每月一次的「豐盛」午餐，眼睛帶著興奮期待。二十多年了，每逢政府「出糧日」就會見到正叔來享用豆腐火腩飯。正叔一向獨來獨往，身邊從來不見有家人朋友。聽説他年輕時曾經在外資公司做管理層，説得一口流利英語和德語。可惜他性格自傲、風流成性，嗜酒、好賭、愛女人，人到中年妻離子散，老來窮困潦倒、孤苦無依。正叔常説，這裡的豆腐火腩飯像十足想當年母親的味道。或者唯有豆腐火腩飯，才可以緩解一下他的空虛寂寞，為欷歔的人生帶來一點樂趣。

「熱辣辣豆腐火腩飯到！」

同食豆腐火腩飯，同是天涯淪落人。

男士們的生活一點都不簡單：煩錢、煩工作、煩感情、煩家庭……內心盡是小劇場，卻是有口不能言，有苦自己知！

為甚麼人生這麼難？原來離不開性別角色（Gender Role）。

男人角色的四大張力

性別角色這個議題早在1970年代開始受到社會的關注。不少學者認為，性別角色會影響我們的身心健康，與其他人的溝通相處，求助行為和方式，治療的選擇和成效，以至於社會、精神健康和心理服務的發展（American Psychological Association, 2019）。

學者們更特別關注到性別角色為男士們帶來的張力（Gender Role Strain）。美國教育心理學家 Prof. James M. O'Neil 嘗試整合了230多份文獻，提出性別角色張力模型（O'Neil, 2008; 2013）。

性別角色張力模型主張男士們會因為自己的性別角色而面對四大張力：

1. 競爭比拼的心態

作為保護家庭的骨幹成員和經濟支柱，男士們必須要在社會中建立一定的地位，才可以為自己和家人爭取豐富和優質的資源，創造理想的生活條件。這意味著無論我們想或不想，都無可避免要參與競爭，努力建功立業，追逐名譽、財富、成就、權力和地位。

2. 情感表達的習慣

既然要參與競爭，男士們就只有奮力一戰，放下兒女私情，不能感情用事、心慈手軟。於是，我們被訓練成一副剛強不屈的模樣，遇到事情自動進入冷靜分析、理性思考的模式，尋求確切有效的方法來解決當前的問題。情感需要這個被認為是軟弱無能、不符合男士角色設定的部分，只好硬生生地壓抑下去，收藏心底。久而久之，男士們對於身邊人、事、物的感受能力變得愈來愈遲鈍，也愈來愈少表達自己情感。

3. 朋輩支援的方式

男士和男士之間的關係很有意思，既是彼此的作戰伙伴，也視對方為競爭對手，在不斷較勁的過程中推動著彼此進步，扶持著對方成長。這樣有趣的「戰略合作關係」可以促進良性競爭，卻有礙情感交流和親密關係的發展。原因也很明顯吧，好歹也算是競爭對手，要坦誠互訴心事，流露真實情感，哭哭啼啼求安撫，放下身段找幫忙，實在有點難為情，說不好還會被別人覺得是膽怯懦弱呢！

4. 工作生活的平衡

男士們的性別角色何其多！要同時兼顧應付工作、照顧家庭、應酬朋友、打點生活⋯⋯也真是分身不暇、忙得不可開交！有時候，我們會顧此失彼，忽略了自己身體狀況和精神健康。

性別角色張力，有機會令男士們自我懷疑、自貶身價（Role Devaluations），強行改變自己順從性別角色（Role Restrictions），甚至以極端/扭曲的方式來展現性別角色（Role Violations），最後影響身心健康。綜合多年來的研究結果，愈感受到性別角色張力的男士，愈容易受到身心症狀及情緒問題困擾，包括情感麻木、抑鬱、焦慮、煩躁、孤單寂寞、絕望、自信心低落等；也較常出現酗酒、濫用藥物、飲食失調、傷害自己、自殺行為等；有部分男士的兩性價值觀更會變得極端/扭曲，貶低女性價值、歧視性向不同的人士。兩性相處、性生活協調、與伴侶/家人的關係等也會因而受到不同程度的影響（O'Neil, 2008；2013）。

精明的大家可能會覺得奇怪，現今社會每個人都在面對競爭比拼和工作生活平衡帶來的挑戰（第一和第四項），為何要特別關顧男士的身心健康？

原因或者就在於情感表達和朋輩支援（第二和第三項）。

男女友誼大不同　情感表達有分別

普遍的觀察發現，男士和女士的友誼存在著結構性的差異。相比女士們單對單、面對面、「啱嘴形」的親密傾談，男士們的友誼更多是建基於團隊式、肩並肩、「玩得埋」的群體活動（Vigil, 2007；Wright, 1982）。活動為本的友誼模式，令男士們的朋友圈更為靈活多變：朋友們較容易按照自己的意願/喜好/時間決定進群退群、朋友的人數較多、背景也來自五湖四海。不過，交遊廣闊是有代價的，男士們這樣隨心又隨機的友誼，分薄了彼此之間的交流相處時間，不利於深入交往和情感表達（Vigil, 2007）。

美國有一項關於友誼的統計訪問了2,000多名市民。結果顯示，受訪男士的親密朋友數量的確不算多，他們之中有15%表示自己連一個親密朋友都沒有，只有27%表示自己有6個或以上的親密朋友；情感交流的部分在受訪男士與朋友交往相處的過程也不算明顯，只有21%覺得自己能從朋友身上得到情緒支援、25%會表達與朋友之間的感情、30%會和朋友分享個人感受或自己遇到的問題（女士分別為41%、49%和48%）；而當中有女性朋友的男士們情感表達似乎會豐富一點（分別為28%、38%和35%）（Cox, 2021）。這也可能解釋了，男士們為甚麼會較傾向從太太或女性伴侶身上尋求情緒支援（McKenzie, Collings, Jenkin & River, 2018）。

看起來，男士們表達情感、尋求情緒支援的渠道也真是很單一、很薄弱。有學者甚至認為，男士們這種「收收埋埋」的方式，不但令自己的社交支援不足，更有可能增加太太或女性伴侶的情感負擔，令雙方的關係變得緊張，引發矛盾衝突（McKenzie, et al., 2018）。可是，也有學者指出，我們對男士們友誼的觀察和理解其實不夠全面。他們提出Bromance的概念，認為有部分男士會從「玩得埋」的朋友，發展出「好兄弟」的情誼；而相對於「玩得埋」的朋友，男士們會把「好兄弟」當成「自己人」，安心暢所欲言，表達情感需要；有時候，兄弟情更會昇華到一個無聲勝有聲的境界，一個微小的眼神、表情、動作，大家就心領神會（Greif, 2008；Robinson, Anderson & White, 2018）。

男人的浪漫，兄弟的默契，不言而喻的心照，我們又懂多少？

參考資料：

American Psychological Association. (2019). APA guidelines for psychological practice with boys and men. 2018.

Cox, D. A. (2021). The state of American friendship: Change, challenges, and loss. Survey Center on American Life.

McKenzie, S. K., Collings, S., Jenkin, G., & River, J. (2018). Masculinity, social connectedness, and mental health: Men's diverse patterns of practice. *American journal of men's health*, 12(5), 1247-1261.

Greif, G. (2008). *Buddy system: Understanding male friendships*. Oxford University Press.

O'Neil, J. M. (2008). Summarizing 25 years of research on men's gender role conflict using the Gender Role Conflict Scale: New research paradigms and clinical implications. *The counseling psychologist*, 36(3), 358-445.

O'Neil, J. M. (2013). Gender role conflict research 30 years later: An evidence□based diagnostic schema to assess boys and men in counseling. *Journal of Counseling & Development,* 91(4), 490-498.

Robinson, S., Anderson, E., & White, A. (2018). The bromance: Undergraduate male friendships and the expansion of contemporary homosocial boundaries. Sex Roles, 78(1), 94-106.

Vigil, J. M. (2007). Asymmetries in the friendship preferences and social styles of men and women. *Human Nature*, 18, 143-161.

Wright, P. H. (1982). Men's friendships, women's friendships and the alleged inferiority of the latter. *Sex roles*, 8, 1-20.

5.3

男士吸引力法則

元旦將至，又是一年一度的盛事——樂壇頒獎典禮。

粉絲們期待已久，隆重其事地搬來早在幾個月前已經開始籌備製作的燈牌、T-shirt、海報、卡片、匙扣、橫額……為偶像吶喊歡呼，全力應援。

這邊的「姜糖」很興奮：「姜B出來了！他又在掠頭害羞嘟嘴傻笑，太可愛了！哎喲！主持人怎麼捨得繼續為難他？真夠殘忍！」

另一邊是Tyson Yoshi的鐵粉：「他的肌肉真的很結實啊，還有壞壞的眼神，戚戚嘴的笑容，型格的紋身和耳環，真是太性感、太酷了！」

再來是Jeffery；怎會有人那麼俊俏？混血兒的外貌、零死角的輪廓、標緻的五官，「靚仔」又帶一點「天然呆」，對女朋友還要如此深情專一，這樣的完美男神，哪裡可以找得到？

又有驚喜，是家謙！看他文質彬彬、一副害羞男孩的樣子，卻又充滿才華，作曲、填詞、編曲、和音、監製、唱歌樣樣皆能，舉手投足都散發著獨特的文青氣息，彷彿是樂壇中的清泉。

還有人氣王MC！名副其實很有天賦。沒有先天的身型優勢，卻由街頭Busking唱到歌唱比賽三甲；備受種種壓力緋聞，仍然繼續堅持做好音樂，還不時風趣幽默地自嘲自諷，真有自己的態度。

看著一眾女粉絲如痴如醉的情景，男士們一頭霧水。每一個都說好，都喜愛，都吸引，那麼我應該如何是好？是不是我嘟嘴傻笑就很可愛？紋身穿耳環就很性感？自嘲一下就很有態度？

男士們先不用著急。女人心多，可是有原因的（Buss & Barnes, 1986）。

擇偶條件有原因

這可以追溯到演化論（Evolutionary Theory）（Darwin, 1872）。演化論説的是物競天擇、適者生存的道理。一個物種需要生存下來，就得繁衍後代，還得確保後代有一定的質素。如何確保後代的質素？關鍵在於選擇優質的伴侶。不過，男性和女性的擇偶條件，或者會因應自己在繁衍後代過程中的角色和任務而有所不同。

女性在繁衍後代的過程中擔當著孕育生命的角色。她們在一生之中能夠生育的時間雖然較男性為短，卻相對需要付出更多的時間、精力和資源來孕育下一代。懷胎十月，準媽媽們會經歷一連串的身心變化，身型會「走樣」，精神會疲倦，情緒會波動，行動會笨拙，容顏會憔悴；孩子出生後，新手媽媽休養身心之餘，還要肩負餵哺和照顧初生孩子的責任；照顧自己、工作賺錢謀生變得不再像從前那麼容易；在求偶和勞動市場的競爭力也大大降低。繁衍後代原來是這樣的「高風險投資」！那麼女士們在擇偶時會考慮更多因素，想要精挑細選一個有質素、有能力、願意照顧自己、值得付託和信賴的另一半，也著實不為過。

女士們又會用甚麼準則來選擇自己的伴侶？

綜合不同的研究結果，女士們的擇偶條件可以歸納為以下三大項目（Whyte, Brooks, Chan & Torgler, 2021）：

外貌身形：

這裡說的外貌身形有別於我們常常掛在嘴邊的「靚仔」，而是整體觀感上有「Man」的感覺（有男子氣概），例如臉部輪廓對稱分明，眉骨、顴骨、下顎骨突出、臉頰瘦削；身形高大健壯，有適量的結實肌肉；外表成熟有歷練，包括有鬍子、鬚根、創疤、紋身等特徵（Burriss, Rowland & Little, 2009；Ekrami, et al., 2021）。「Man爆」的外貌身形，除了反映優良的基因和健康的身體機能，還有很實際的作用——它反映著男士們保護自己、家庭和下一代的能力，就算「唔打得都睇得」，教女士們安心。

潛力資源：

潛力資源是指年紀、學歷、工作、收入等客觀條件。一般我們會認為，年紀大、學歷高、工作和收入穩定的男士們較有能力為家人創造安穩舒適的生活環境，為下一代的成長提供豐富優厚的資源。

性格特質：

性格特質包括膽大心細、值得信任和願意溝通三大部分。

這三個部分反映男士們能夠投入丈夫和父親的角色，願意為照顧家庭和下一代付出。值得留意的是，男士們並不需要事事都做足100分，只要肯嘗試、肯努力，即使表現拙劣一點，女士們也是很受落的。

符合以上三大準則的高質對象，自然令一眾女士們神魂顛倒，一見傾心，再見傾情。既然選擇如此多，男士們大有「耍壞」的本錢，或者說，他們只是因應實際條件善用既有優勢而已。我們常說「男的不壞，女的不愛」，也是不無道理。

這麼說來，豈不是大部分男士都輸在起跑線？

理想歸理想，現實是現實。女士們對理想對象的鍾愛很多時候都是出於傾慕和嚮往，她們大抵心中有數：「男神」可遇不可求，遇到不一定敢求，求到了還是會提心吊膽！高質「神隊友」選擇眾多，女士們得時刻警惕留神，努力保持自己的外貌、身形、狀態和競爭力，提防競爭者有機可乘，可說是步步為營。既然這些機會不屬於自己，相比高攀「男神」，我們大部分人在求偶過程中會寧願取易不取難，找一個跟自己條件和質素相若的伴侶，求個安心又放心（Prall & Scelza, 2022；Wincenciak, et al., 2015）。

增加吸引力的四大法則

所以，男士們普遍還是很有市場價值的！這裡我們一起學習如何再為自己增加多一點「市場價值」:

認識自己特質：

每位男士都是獨特的，都有自己的長處和限制。嘗試發掘自己外貌、身形、個性、能力等方面的獨特之處，以取長補短為大原則，將自己的優勢發揚光大。

微調外貌氣質：

男士們其實不需要十分「靚仔」，只需要儀容整潔乾淨，看起來舒服自然。雖然文獻主張男士們要打扮得「Man」一點，呈現自己的男子氣概、成熟穩重，但是實際操作可以很有個人特色，亦需要配合人設：擁有Baby Face 的，可以賣萌賣可愛；文靜知性的，可以考慮清新樸實的文青風；陽光健碩的，不妨走活潑好動的運動路線；時尚前衛的，可能更適合型格玩味的風格；藝術唯美的，可以展現優雅華麗的一面⋯⋯外貌氣質人人不同，只要能夠突顯個人特質，創造自己的專屬風格，ERROR也可以很有格調、很特別、很吸睛！

提升內在涵養：

我們當然不會只顧外表這麼膚淺。男士們做足表面功夫之餘，也得提升內在涵養。一個人的涵養可以通過學習進修、增廣見聞、體驗生活和探索世界來提升。抱持開放的態度，試著從自己感興趣的、能夠投入享受的事物開始，可以是電影、音樂、繪畫、閱讀、觀星、歷奇、攀石、射擊、馬拉松、健身、桌上遊戲、品酒/咖啡、烹飪、旅行……反正能想像的都可以放手嘗試。

善用「反差萌」：

千萬不要誤會，這裡的「反差萌」不是叫大家做戲變臉，而是在適當的時候爭取機會，展現自己與平常不同的一面。這其實不用刻意經營，所謂「認真的男人最吸引」，只要能夠專注投入自己所做的事情，不論是工作、興趣、運動；與小動物、小朋友、家人、朋友之間的互動……我們都會自帶光環，散發出與眾不同的魅力。

「男神」或者不是人人都可以做到，但是我們也可以試著學習吸引力法則，來個技術性逆襲。或者最吸引女士們的，是男士們願意為自己花一點小心機的那份心思！

參考資料：

Buss, D. M., & Barnes, M. (1986). Preferences in human mate selection. *Journal of personality and social psychology*, 50(3), 559.

Burriss, R. P., Rowland, H. M., & Little, A. C. (2009). Facial scarring enhances men's attractiveness for short-term relationships. Personality and Individual Differences, 46(2), 213-217.

Darwin, C. (1872). *The descent of man, and selection in relation to sex* (Vol. 2). D. Appleton.

Ekrami, O., Claes, P., Shriver, M. D., Weinberg, S. M., Marazita, M. L., Walsh, S., & Van Dongen, S. (2021). Effects of male facial masculinity on perceived attractiveness. *Adaptive human behavior and physiology*, 7, 73-88.

Prall, S., & Scelza, B. (2022). The effect of mating market dynamics on partner preference and relationship quality among Himba pastoralists. *Science advances*, 8(18), eabm5629.

Whyte, S., Brooks, R. C., Chan, H. F., & Torgler, B. (2021). Sex differences in sexual attraction for aesthetics, resources and personality across age. *PloS one*, 16(5), e0250151.

Wincenciak, J., Fincher, C. L., Fisher, C. I., Hahn, A. C., Jones, B. C., & DeBruine, L. M. (2015). Mate choice, mate preference, and biological markets: the relationship between partner choice and health preference is modulated by women's own attractiveness. *Evolution and Human Behavior*, 36(4), 274-278.

5.4

奶爸
唔易做

眼前這一幕好不溫馨。

清晨上學的路上，年輕的爸爸與兩個穿著校服的孩子大手牽小手的走著，沿途笑聲不絕。

牽著爸爸左手的妹妹讀K1，上學三個月，興奮地邊跳邊走，賣力地唱著昨天剛學會的Twinkle Twinkle Little Stars。天真的妹妹沒有注意爸爸正在暗笑她咬字不正、五音不全，還傻傻的以為爸爸打從心裡欣賞她，開心地咧嘴笑著，愈唱愈賣力。

牽著爸爸右手的哥哥讀K3，活潑好動的他正滔滔不絕地分享著學校的趣聞：班上新來的胖胖是搞笑能手、生日會的蛋糕比媽媽做的還要不濟、同學和老師竟然聽不懂家明跟自己辛苦創作出來的故事、最討厭的馬主任今天請假了……爸爸天天聽著哥哥的分享，大抵已經能畫出班上的人物關係圖了，但哥哥就是樂此不疲。

到校門了，爸爸停下腳步，蹲下身子，溫柔地說：「好了，要上課囉。」

哥哥依依不捨：「但是我還沒有說完……」

妹妹也抗議：「我都還沒有唱完……」

爸爸安撫著兩兄妹：「那我們待放學再繼續好嗎？」

哥哥妹妹齊聲說：「那一言為定、不見不散囉！」

「好！我們來一個抱抱。」爸爸話音未落，兩兄妹一左一右抱著爸爸手臂，兩個圓潤的臉蛋貼著爸爸的臉龐親了一下，然後揮揮小手，心滿意足地走進校門。

媽媽看著眼前這個幸福滿滿的景象，她知道一切實在得來不易。想當初丈夫毅然辭去原來的穩定工作，付出了多少努力、從手忙腳亂地幫孩子梳洗、煮早餐、做家務⋯⋯到現在從容不迫、應付自如；夫婦二人為此作出了多少溝通協調、忍讓包容、遷就犧牲；還得應付家人的反對聲音、朋友的好言相勸、旁人的奇怪目光，真是少一點決心、堅持和耐力都熬不過來！

不過，看著兩個孩子愉快健康地成長，夫婦二人都知道，他們的決定沒有錯，這一切都是值得的。

爸爸的角色與孩子的教養

「男主外，女主內」的觀念在我們的社會根深蒂固，帶孩子很多時候被認為是媽媽的天職，而我們也習慣了假設：媽媽跟孩子的關係一定更親密、媽媽在家庭的角色一定更重要、媽媽對孩子的成長和發展影響一定更深遠⋯⋯其實，在一個家庭中，爸爸和媽媽的存在各自有著不同的作用，爸爸的家庭角色、與孩子的溝通互動、對孩子成長和發展的影響等，絕對不容輕視。

近年來，有不少的文獻開始討論爸爸在孩子發展中的獨特角色（Bögels & Perotti, 2011；Lamb, 2010; Lamb & Lewis, 2013；Paquette, 2004），以下來一個簡單的總結：

不一樣的玩伴：

爸爸與孩子的互動中會有更多的肢體動作和競爭比拼的元素。這些元素有助孩子的體格和肌肉發展，並可以培養情緒管理、社交、解難和自我控制能力。

鼓勵探索嘗試：

爸爸傾向鼓勵孩子在合理的風險範圍內積極探索嘗試，即使出現小問題、小過失、小受傷、小意外，爸爸也較多採取務實解難的策略，引導孩子從中學習，反覆調整修正，繼續探索嘗試。這樣的策略有助訓練孩子的獨立和適應能力，令孩子學會堅持不懈，也會增加孩子對於未知事物的好奇心和信心。

規矩的訂立和執行：

爸爸在家庭中的地位一般較為權威，在訂立和執行規矩方面傾向紀律嚴明、賞罰分明。這有助孩子學習行為界線，做事考慮後果，並靈活因應權威、社會制度作出適當的自我調節。

性別角色的榜樣：

無論孩子是男是女，爸爸就是孩子第一個接觸到的男性角色模型，對於孩子的性別身份認同和性別角色學習，包括男女的性格特質、行為表現、需要學習和發展的能力和技巧等，都有著決定性的影響。這個不難理解，就是我們常常聽到，兒子想要成為像爸爸一樣勇敢堅強的男子漢；女兒希望遇上像爸爸一樣穩重可靠的伴侶。

不同的研究指出，如果爸爸在教養孩子的參與程度較高，孩子的認知能力、語言發展、學業成就會較好，社交技巧、同理心、自我調節、情緒管理會較為成熟，出現行為問題的情況也相對較少；孩子亦更容易理解社會對性別角色的期望並作出相應的調整配合；他們出現憂鬱、焦慮和其他情緒困擾的情況較少，自信心和適應能力也較強（Flouri & Buchanan, 2003；2004; Lamb, 2010；Lamb & Lewis, 2013；Paquette, 2004；Pleck, 2010；Pougnet, Serbin, Stack & Schwartzman, 2011；Sarkadi, Kristiansson, Oberklaid & Bremberg, 2008）。當然，這裡說的參與不只是時間，而是全情投入、高質量的參與。只有高質量的參與，爸爸在家庭中的獨特角色和功能才可以發揮得淋漓盡致。

既然爸爸的家庭角色如此重要，為甚麼現實生活中，爸爸在教養孩子的參與並沒有想像中那麼多，而全職爸爸更加是少之又少？

原因或者在於爸爸們在教養孩子的過程中遇到的挑戰和壓力實在不少。

爸爸們分配在教養孩子的時間多一點，就意味著角色不再只是玩伴，或多或少得接手一點照顧工作：出門口前替女兒束頭髮編辮子、督促孩子換衣服吃早餐、指導功課溫習、說說故事聊聊心事……爸爸們能花在工作、社交、運動、遊戲的時間少了，要調整原來的生活規律，還要跟其他參與照顧孩子的家人溝通協調交待，回應親朋戚友、姨媽姑姐們懇切的慰問和誠意的關心，確實是少一點耐性也不行！有研究顯示，爸爸們，特別是全職爸爸，在教養孩子的過程中面對的壓力，可能不比媽媽少。他們容易感到孤立無援、出現抑鬱焦慮症狀、生活滿意程度較低、身心狀態較差，連親子、夫婦和家庭關係也有可能受到影響（Brandth & Kvande, 2018；Giallo, Cooklin, Wade, D'Esposito & Nicholson, 2014；O'Brien & Moss, 2010；Paulson & Bazemore, 2010；Ponnet, et al., 2013）！

爸爸的親職教養秘笈

那麼，爸爸應該如何參與教養孩子？以下是一些大家可以多加考慮的因素。

評估資源和限制：

這裡說的資源和限制，包括整個家庭的組合、特質和分工。孩子的性格特質是怎樣的？爸爸擅長和不擅長的地方是甚麼？媽媽、其他家人的分工又是如何？爸爸可以騰出多少時間教養孩子？可以參與、接手、幫忙的部分是甚麼？媽媽、其他家人又可以如何配合？

實際分工和挑戰：

決定了參與教養孩子的時間和工作，接下來就得落實計劃和應對可能出現的問題和挑戰。如果爸爸會減少工作時間來參與教養孩子，家庭的財政狀況要如何調節？是媽媽、其他家人增加工作時間來維持日常生活所需？是整個家庭減省開支？還是有方法積極拓展其他收入來源？如果爸爸會接手部分日常照顧孩子的工作，有沒有一些知識和技能需要學習和訓練？有沒有一些部分需要尋求「外援」協助？

與家人的協調溝通：

參與教養孩子的分工、計劃和實踐的過程很多時需要媽媽和其他家人的配合。爸爸們要注意積極與媽媽和其他家人協調溝通，並多加考慮他們的意見，盡可能照顧各人的需要和感受，達成共識協議，避免因參與教養孩子而造成關係緊張，引發矛盾衝突，最後得不償失，既影響了孩子的

身心健康，又傷害家人之間的深厚感情。

管教照顧的學習：

與孩子相處的時間長了，參與照顧日常起居飲食少不了，管教、引導、督促的部分也自然多了，有時可能還要處理孩子的情緒行為問題；與兄弟姊妹、朋友同學的紛爭；與其他家人的衝突……爸爸們或者要有一點心理準備，參與教養孩子是一個漫長而又充滿挑戰的學習適應旅程。幸好，我們在這個過程絕對不孤單，因為我們可以請教其他家人、朋友、過來人，從他們的寶貴經驗中學習，還有爸爸 Group和媽媽Group、搜尋器大神、AI、其他社區支援和專業人士的協助。

角色轉換的適應：

用多了時間投入爸爸的家庭角色，也代表著我們能花在消遣娛樂、朋友聚會、工作進修的時間少了，甚至要因此作出取捨，減少參與部分角色。爸爸們可能需要一點時間，為這樣的角色轉換調整心態。

平衡生活的需要：

爸爸們參與教養孩子，要兼顧的角色、任務多了，有時會忘記了照顧自己，又或是將自己的需要無限縮小。爸爸們，請謹記定期為自己預留休息放鬆和「做自己」的時間。

即使短暫的十分鐘、二十分鐘，我們也得照顧自己的身心健康，要明白只有良好的身心狀態，才能繼續在教養孩子的漫漫長路中努力奮鬥。

堅持信念的勇氣：

爸爸們參與教養孩子，尤其是全職爸爸，少不免惹來旁人的議論：父母長輩會擔心家裡的經濟狀況、親朋好友會苦口婆心地分析做「湊仔公」的利害、鄰居家長會投以好奇不解的目光、言談變得欲言又止；或者也會有一時三刻，我們會陷入自我懷疑的困局：我們的決定是不是錯了？我們是不是應該/可以繼續走下去？我們應該怎樣回應其他人？爸爸們，請想想自己當初決定專注教養孩子的信念，我們想要孩子的成長經驗怎麼樣的？我們想要孩子成為一個怎樣的人？只要清楚知道自己的信念，旁人的不理解和言論，就簡單回應一句「多謝關心」好了。

奶爸真的不易做！每一位爸爸參與教養孩子的風格、方式和步伐可以很不一樣，能投放的時間、心思、精力和資源也不盡相同。怎樣做奶爸，得靠爸爸們繼續努力，摸索研究學習，領悟出一套適合自己孩子特質和家庭需要的親職教養秘笈。

參考資料：

Bögels, S. M., & Perotti, E. C. (2011). Does father know best? A formal model of the paternal influence on childhood social anxiety. *Journal of child and family studies*, 20, 171-181.

Brandth, B., & Kvande, E. (2018). Masculinity and fathering alone during parental leave. *Men and Masculinities*, 21(1), 72-90.

Flouri, E., & Buchanan, A. (2003). The role of father involvement in children's later mental health. *Journal of adolescence*, 26(1), 63-78.

Flouri, E., & Buchanan, A. (2004). Early father's and mother's involvement and child's later educational outcomes. *British journal of educational psychology,* 74(2), 141-153.

Giallo, R., Cooklin, A., Wade, C., D'Esposito, F., & Nicholson, J. M. (2014). Fathers' postnatal mental health and child well-being at age five: The mediating role of parenting behavior. *Journal of Family Issues*, 35(11), 1543-1562.

Lamb, M. E. (2010). How do fathers influence children's development? Let me count the ways. The role of the father in child development, 1-26.

Lamb, M. E., & Lewis, C. (2013). Father-child relationships. *In Handbook of father involvement* (pp. 119-134). Routledge.

O'Brien, M. & Moss, P. (2010). *Father, work and family policies in Europe*. In M. E. Lamb (Ed.), *The role of father in child development* (5th ed., pp.551-577). Wiley.

Paquette, D. (2004). Theorizing the father-child relationship: Mechanisms and developmental outcomes. Human development, 47(4), 193-219.

Paulson, J. F., & Bazemore, S. D. (2010). Prenatal and postpartum depression in fathers and its association with maternal depression: a meta-analysis. *Jama*, 303(19), 1961-1969.

Pleck, J. H. (2010). Paternal involvement. The role of the father in child development, 58.

Ponnet, K., Wouters, E., Mortelmans, D., Pasteels, I., De Backer, C., Van Leeuwen, K., & Van Hiel, A. (2013). The influence of mothers' and fathers' parenting stress and depressive symptoms on own and partner's parent-child communication. Family process, 52(2), 312-324.

Pougnet, E., Serbin, L. A., Stack, D. M., & Schwartzman, A. E. (2011). Fathers' influence on children's cognitive and behavioural functioning: A longitudinal study of Canadian families. *Canadian Journal of Behavioural Science/Revue canadienne des sciences du comportement*, 43(3), 173.

Sarkadi, A., Kristiansson, R., Oberklaid, F., & Bremberg, S. (2008). Fathers' involvement and children's developmental outcomes: A systematic review of longitudinal studies. *Acta paediatrica*, 97(2), 153-1

Chapter Six

女人的哀歌

6.1

生而為女人，
不需感到抱歉

晚上八時半，三位女士正於銅鑼灣某餐廳相聚。

「喂，這場飯局也不知約了多久。別阻我，今晚鐵定要不醉無歸！」身穿白色連身裙、手挽Chanel 2.55手袋的女子說。

「我就不喝了，明天還要監考，然後處理一大堆未改的試卷，即使學生不累死，老師也先累死了！」戴眼鏡、束馬尾的那位皺著眉回應。

身旁黃色碎花裙的女子，呷了一口酒，再看看手機信息，慢條斯理地說：「各位，陳師奶又『放飛機』了。」

話音未完，電話就響起，彈出了視像聊天屏幕，隨即一位蓬頭垢面的女子出現。「姊妹們對不起，哥哥明天考試，妹妹又鬧彆扭不想上學，陳生才剛剛下班，完全陷入水深火熱之中，今晚我是來不了！」

「喂喂，Candy……」

「不跟你們說了，下次再約！」語畢，電話就被掛斷。

眾人無奈，互相對望。

「明明已經提前兩個月約今次聚會，老公一句工作、應酬就把孩子丟給老婆，甚麼道理！做媽媽真辛苦。」白衣女子惡狠狠的瞪著電話說。

「不只做媽媽辛苦，其實已婚女性都辛苦。」黃色碎花裙女子搖頭嘆氣。「你們別看我婚姻美滿，其實在職女性往往有苦自己知。老公跟我同樣是白領，工作不算忙，卻也不甚輕鬆。但最不公平的是，放工後的家頭細務大部分都是由我負責。男人往往以為晚飯後包辦洗碗已經功德無量，卻從沒想過家務包括買餸、煮飯、洗衫、晾衫、熨衫、吸塵、拖地……」

「噓，別數了。你們兩個至少有個伴。不像我，甚麼三十歲是女人大限，我都已經不管了。最可怕的是，母親每天愁眉苦臉，說甚麼女人好好醜醜也要找個男人倚靠。煩都煩死了。」戴眼鏡、束馬尾的女子忍不住也呷了口酒，抱怨道：「最恐怖就是農曆新年，那些三姑六婆七嘴八舌、問長問短，口水都浸死我了。再者，我又不是Nicole，事業有成想不結婚就不結婚，怕甚麼！」

白衣女子神色一沉，回應道：「別這麼說，商場勾心鬥角，做女人，每天步步為營。對上司，怕就是別人認為你人軟弱，沒大將之風；對下屬，嚴謹的話又會被說成老姑婆，太情緒化。香港，雖然貴為國際化大都會，男女地位理應平等。但是，男女性別角色仍然難免有所定型。這樣的社會，真的能達到男女平等嗎？」

黃色碎花裙女子輕拍Nicole手臂，以示支持說：「起碼，做女人要有經濟能力，今季新款Chanel又到手了，對不？」

Nicole瞄一瞄手袋，嘲諷說說：「對，所以男人都說我『港女』、『拜金』，但我花的是自己賺的錢，你管我怎樣花？我們這種年紀，年紀差不多的好男人大都已成家立室，不然就是愛十八、廿二的小妹妹；年紀小的，經濟能力、成熟程度又未夠，自己也看不上。你們說我挑，我也認了。菁菁，不像你，老公對你好，又沒孩子顧慮，做做家務也罷。」

菁菁低頭，輕聲說：「其實孩子，想要也要不了⋯⋯上年年尾才去了政府輔助生育科，排期需時，也忘了要等多久，私家醫院人工受孕收費又貴。唉，奶奶每天都在催，我們也不知如何交代。」

眾女沉默。良久，其中一個抬頭，幽幽的說：「這個年頭，做女人真的很難呢。」

夜幕低垂，三位舊同學各懷心事，渡過了晚上十時，這場久違的飯局就這樣結束了。

遺傳決定抗壓能力

根據香港衛生署衛生防護中心於2022年的數據，香港女性的預期壽命為86.8歲，比男性80.7歲為長。 縱然如此，大量國際文獻指出不論年齡，女性患有身體毛病及精神疾病比率，相較起男性都要高。同時，女性一般較多因身心疾病而需要減輕工作量甚至終止工作，亦要花更多金錢於治療身心問題上（Mayor, 2015）。更有研究指出，女性一生中患上抑鬱症的機會比男性大兩倍（Kuehner, 2017）。這麼一來，一大堆的研究數據不就正正指出做女人真苦嗎？

但是，究竟是甚麼原因令女性的身心壓力可能相較男性大呢？從生理、心理及社會文化三個層面出發，讓我們一起去理解一下這個現象。

首先，從生理學層面來説，研究基因與環境互動的理論提出，當人類面對生活壓力，他或她的心理易感性（Psychological Susceptibility）一般受遺傳因素影響，也是説一個人的抗壓能力其實很大程度上受遺傳基因控制。尤其是某一種特定基因的攜帶者，更容易因環境壓力而誘發出情緒問題及相關徵狀（Kuehner, 2017）。有趣的是，擁有這種基因的女性，在高壓環境下更容易出現心理困擾。但相反，擁有這種基因的男性卻沒有類似反應。由此可見，基因與環境互動可能對於兩性上分別有不同的影響力，間接令女性相對較易受環境壓力影響，因而產生情緒問題（Heim et al., 2009）。不過，目前的研究數據並不多，還有待日後新的理據出現。

養育子女　降低女性角色的平衡

於心理層面而言，學者們亦提出有一些因素可能影響著兩性面對壓力的心理易感性。在童年時期，男孩子一般相對活躍，並能從高強度刺激中獲得更多樂趣，換言之，整體都較女孩子外向（Else-Quest, et al., 2006）。研究隨後發現，原來當一個人擁有較少的向外因子，便會有較大機會出現抑鬱徵狀(Klein, Kotov & Bufferd, 2011)。同時，在青少年和成人時期，女性亦較男性對自己的身體外形感到不滿及羞恥，而這種身體羞恥感和不滿亦被認為與抑鬱徵狀有關(Jones & Griths, 2015)。有研究更進一步指出，女性一般較常採用一種「反芻式」的反應方式思考，意指一種傾向被動地、重複地分析個人苦惱、問題和擔憂，而不採取行動的思考模式。這種模式可能會增加一個人的壓力，變相帶來情緒困擾。總括以而，於心理學層面，女性一般因為其獨有的性格及思考特質，較男性更容易產生情緒困擾，繼而出現抑鬱及焦慮徵狀。

最後，社會層面的因素亦有機會令女性較男性容易出現情緒問題。心理學的研究發現，受薪工作不但與個人心理健康息息相關，更能有效減低一個人患有抑鬱、焦慮徵狀的風險。不過，受薪工作對個人精神健康的益處僅限於沒有子女的女性員工身上。假若女性員工需身兼多職，受薪工作能成為保護因子的效用便大幅降低了。縱然現代社會兩性地位漸趨平等，但在亞洲文化背景下，若一個家庭有子女需要照顧，其責任多落於女性身上，變相減低女性成為受薪員工的機會(Damaske and Frech, 2016)。過去有研究亦指出，養育年幼子女將降低女性對自己的身份、角色平衡(Milkie and

Peltola, 1999），而當工作安排影響了家庭時間時，女性的心理健康亦較男性容易受影響(Glavin, Schieman & Reid, 2011)。

綜合以上各種原因，大家不難理解為何女性好像比男性一般容易受壓，因而出現較多身心情緒困擾。

參考資料:

Damaske, Sarah, and Adrianne Frech. 2016. "Women's Work Pathways across the Life Course." *Demography* 53(2):365–91.

Else-Quest NM, Hyde JS, Goldsmith HH, Van Hulle CA. Gender di!erences in temperament: a meta-analysis. Psychol Bull 2006; 132: 33–72.

Glavin, Paul, Scott Schieman, and Sarah Reid. 2011. "Boundary-spanning Work Demands and Their Consequences for Guilt and Psychological Distress." *Journal of Health and Social Behavior* 52(1):43–57.

Heim C, Bradley B, Mletzko TC, et al. E!ect of childhood trauma on adult depression and neuroendocrine function: sex-specific moderation by CRH receptor 1 gene. *Front Behav Neurosci* 2009;3: 41.

Jones BA, Gri"ths KM. Self-objectification and depression: an integrative systematic review. J A!ect Disord 2015; 171: 22–32.

Klein DN, Kotov R, Bu!erd SJ. Personality and depression: explanatory models and review of the evidence. *Annu Rev Clin Psycho*l 2011; 7: 269–95.

Kuehner, C. (2017). Why is depression more common among women than among men? *Lacet Psychiatry*, 4, 146-158.

Mayor, E. (2015). Gender roles and traits in stress and health. *Frontiers in Psychology*, 6, 1-7.

Milkie, Melissa A., and Pia Peltola. 1999. "Playing All the Roles: Gender and the Work–Family Balancing Act." *Journal of Marriage and Family* 61(2):476–90.

6.2

Working women! Superwomen!

香港這個地方，曾經出現過女性行政首長，現時的行政會議召集人亦是女性，男女地位確實漸趨平等。傳統「男主外，女主內」的家庭觀念，恐怕隨著時代變遷，已逐漸被「雙職家庭」取代了。夫妻協議共同兼顧家庭與事業的家庭模式，聽著感覺不錯，但實際運行上卻可能並非如此簡單。

根據2022年香港人口普查數據，20至29及30至39歲群組的年輕女性，擁有專上教育學位的人數比例都較男性多。但有趣的是，在各行各業中，能晉升到經理及行政級人員的男性卻比女性多至少60%。由此可見，縱然年輕女性擁有更高的教育程度，在職場上，仍然比男性更難爭取較高職位。

上述現象成因可能有很多，在此未能逐一分析。其中一個可能性是，當女性進入某一人生階段時，其工作表現受不同原因而出現負面影響。過去研究指出，員工的工作表現主要和兩大因素相關，分別是工作壓力及多種崗位和責任（Megawati et al., 2010）。同時需要兼顧家庭與事業實在不易，尤其當子女年幼或家庭爭執較多時，困難更是難以想象。「雙職家庭」的理念於本港雖然盛行，但香港基督教女青年會於2020年的調查卻反映出「雙職家庭」中，男士對家庭分工的期望與實際情況存在著明顯落差。最常見的情況是，多數男士雖説希望做到男女平分家庭工作，但實際的家務分工最終往往幾乎都是由女性負責。奇怪，明明一早有所共識，最後為甚麼卻會產生如此不平衡的現象呢？

這也許離不開我們對性別角色依然存在固有的框框，認為女性即使有工作仍需扮演好「賢妻良母」，打點家中大小事項；而女性亦常被標籤為「較溫柔、較細心」的那位，因而被認為更適合照顧年幼的孩子。問題是，女性較男性容易於工作與家庭崗位互相抵觸時，產生壓力。根據往年醫管局的求診數字來説，女性因焦慮徵狀而求診的數字遠高於男性，尤其是擔心子女學業的雙職女性。國際性的研究數據亦提出，全職並照顧孩子的女性較全職並照顧孩子的男性感到更大壓力（Berntsson, Lundberg & Krantz, 2006）；而全職並照顧長者的女性亦較男性感到較多負面情緒（MetLife, 2010）。

綜合以上結果，怪不得儘管年輕女性的教育程度提高，但在職場上的發揮卻可能因家庭崗位的影響而受到限制。

四個擁抱自我的建議 從中尋找日常幸福

要處理家庭分工不公的問題，除了社會上需要加強性別平等教育之外，還需要改善現行社會政策，例如提供有關工作、幼兒照顧、產假等更有彈性的安排，以針對性處理雙職女性所面對的困難。除此以外，雙職女性的精神健康亦需要關注。以下會分享一些簡單的自我照顧技巧，希望能讓雙職姊妹們得到一點支持。

1. 忙裡偷閒，於百忙中留一個喘息空間：謹記，休息才可以走更遠的路。嘗試每天抽出5至10分鐘，讓自己有一個空間與自己重新建立聯繫，這樣相信比每天全力以赴，卻感到筋疲力盡更為有效。你可以嘗試用4-7-8呼吸法，先閉上眼睛，用鼻子吸氣4秒鐘，屏住呼吸7秒，然後呼氣8秒，看看能否讓你停一停、休息一下，為自己充一充電。

2. 學會讚美，向自己表達欣賞：我們是自己的人生伴侶，亦是自己專屬的啦啦隊。無論於任何情況下，承諾會一

直支持自己、為自己打氣。即使身邊沒有人時，別忘記為自己加油。嘗試對自己大聲說出以下句子，或者在腦海中重複它們；假如你容易忘記，亦可考慮將這些句子抄寫於日記或輸入電話備忘錄中。請跟我一起，在心中默念：「我的美麗和個性是獨一無二的」、「我接受自己本來的樣子」、「我正在盡力而為，我盡力就足夠了」、「我是重要、值得被重視的」、「我配得上成功、快樂和富足」。每一個人都是獨特的，如果喜歡的話，請你於一天之中按自己需要，隨意編造自己的專屬句子。但願每一句的讚美，都能為你帶來一點能量。

3. 保持均衡飲食，營養是力量的泉源：作為一位職業或雙職女性，抽出時間好好吃飯並不容易。不過，心理健康與身體健康息息相關，而缺乏食物將影響我們的專注力及集中力，同時亦會影響我們的整體情緒。所以，好好吃飯就是保持心靈健康的第一步。

4. 計劃將來，讓自己有所期待：計劃不一定要經過深思熟慮，亦不需要大費周章。嘗試於日常中計劃一些小事情，有助你享受生活中的小確幸。於一天結束時，選擇實行一些自我照顧的小方法，例如洗泡泡浴、看一齣電影、讀一本書、敷面膜等。當你能找到每日值得期待的事情，並為自己想做的事騰出一個空間，這樣的生活，便不再只是營營役役，而是可以添上一點期待的色彩。

參考資料：

Berntsson, L., Lundberg, U., & Krantz, G. (2006). Gender differences in work-home interplay and symptom perception among Swedish white-collar employees. *Journal of Epidemiology & Community Health*, 60, 1070-1076. doi:10.1136/jech.2005.042192

Christine, Megawati O, Indah M. Pengaruh Konflik Pekerjaan dan Konflik Keluarga terhadap Kinerja dengan Konflik Pekerjaan Keluarga Sebagai Inter- vening Variabel (Studi Pada Dual Career Couple Di Jabodetabek). J Manaj Dan Kewirausahaan. 2010;12:121–32.

MetLife. (2010). MetLife study of working caregivers and employer health costs. *Westport*, CT: National Alliance for Caregiving and MetLife Mature Market Institute.

6.3

影響命運的不是外貌，而是身體意象

2022年，叱咤樂壇頒獎典禮上欣宜冧莊連奪「女歌手金獎」及「我最喜歡的女歌手」，在台上真情流露，激動落淚。無論你喜歡欣宜與否，假若大家與筆者年齡相近，相信你也會同意欣宜也算是一個長伴著香港觀眾的傳奇人物。

還記得小時候曾經有這麼一個小女孩，白白胖胖的跟在母親身後。當這個女孩漸漸長大，熒幕前的瘦身、減肥廣告和新聞，都不難發現她的蹤影。欣宜的外形樣子、體重變化，不知為甚麼總會成為香港人茶餘飯後的話題。還記得有一次，香港迪士尼樂園開幕的慶祝晚會上，無綫電視播映了一段由這女孩扮演一個眾人皆知的童話主角的片段，結果引起觀眾及網民不滿，因而掀起投訴潮。當時，廣播事務管理局總共接獲了三百多宗投訴，投訴內容指欣宜的造型「不雅」、「有損香港形象」、「會嚇壞孩子」等。 當然，欣宜被投訴的原因眾多，難以在此處逐一探討。不過，假如當時的欣宜是一位纖細、亮麗的女生，扮演這樣的角色，又會讓大眾有這麼大的反應嗎？

不能否認的是，社會、文化對女性的外形要求往往有某一些約定俗成的衡量準則，而這些既有的衡量標準，很容易便對女性構成一定的壓力。有些人甚至說減肥是女人的終身事業，由此可見，女性的外貌、身材，於某些人來說甚至乎就好比一項人生重要的產業。究竟外貌的吸引力有甚麼價值，而身體意象(Body Image)又如何影響一個人的自尊感及精神健康呢？當我們撇除外貌、身形後，又如何真真實實的建構自我價值及自尊感呢？

對身體抱負面看法者　較易有認知謬誤

有論述認為，一個人如何判斷自己的外在吸引力，對塑造他/她的人生經歷有重大的影響(Jackson et al., 1995)。身體意象是一個人創造的心理表徵，根據National Eating Disorders Association的定義，身體意象指一個人怎麼看待鏡中的自己，及怎麼想像別人看待自己。這包含了一個人對自身外貌、身材的看法、記憶或是假設，還有如何感知及控制自己的身體。研究發現，擁有正面身體意象的人較自信，於社交場合上亦感到更自在。相反，負面的身體意象則可能引致社交退縮和焦慮(Cash & Fleming, 2002)，甚至飲食失調等較嚴重的情況(Brownell, 2002)。

有不同的理論積極探索身體意象與個人的關係，嘗試理解不同的因素如何互相影響，而引致不同的行為模式。認知行為理論提出，當人們感到別人對自己作出負面評價時，擁有正面身體意象的人傾向通過利用不同的自我照顧方式、理性化的自我對話，及自我接納的態度來回應這些負面評價。而對身體意象較為負面的人來説，他們的行為方式卻大為不同。這種人往往於思維模式上都存在較多認知謬誤，例如傾向將小事化大，或喜歡用以偏概全的想法來看待事情。他們亦傾向對負面評價採用迴避的態度，或最後透過改變外貌、身材來中和由負面評價而產生的心理不適感(Cash, 2002)。

外貌直接影響女性自尊感

女性主義的理論則提出身體意象是一個「系統化的社會現象」(McKinley, 1999)。縱然香港男女地位也算平等，但亦不難聽見大眾多以「可愛」、「漂亮」來稱讚女生(當然小男生也有)，以「大隻」、「大力」及「愛探索」來稱讚男生。

也許自出生以來，女生一般較男生會因外形討好而獲得稱讚，久而久之，便從經驗中習得一個認為社會傾向基於外觀而對女性作出評價的概念（McKinley, 1999）。一個有趣的心理實驗邀請了一批大學生分別穿上泳衣及普通衣飾來進行數學考試。研究結果顯示，身穿泳衣的女學生明顯表現出更大的身體羞恥感，她們在考試中的表現亦相對較差，奇怪的是，以上的負面影響卻不存在於身穿泳褲的男學生上。由此可見，女生較男生容易內化由身體、外形所帶來的壓力，亦較男生在意自己於大眾面前的外觀形象（Fredrickson et al., 1998）。怪不得，近十多年的數據亦顯示出從青春期開始，女性便較男性在意自己的外形，而自我外形的滿意程度更是影響女性自尊感的最重要因素（Rieger, 2011）。

最後，社會文化理論亦指出坊間的媒體總是有意無意地將外形討好的人，與一些優秀的性格特質扯上關係，例如外形亮麗的人都是聰明及有出眾的社交能力（Eagly et al., 1991）。過去的心理學研究觀察得知，人們一般傾向對外形討好的人有更正面的感覺，而這些外形討好的人亦於日常相處中較常獲得更好的待遇。也可能正因如此，這些外形討好的人亦相對有更高的自我價值，就連小孩子也不例外——研究發現外形討好的孩子，也平均有較好的操行及學業成績（Halberstadt & Rhodes, 2000）。

總括而言，正面的身體意象能提高我們的自尊感、亦對精神健康有裨益。當一個人能學懂去愛及尊重自己的外表，也便更容易學習去關愛自己的情緒及精神狀態。透過主動關顧自己的身體，便具備更強的自我關愛能力，對自我外形的正面感受便因而能轉化成對自我整體的正面感受了（Gillen, 2015）。

向身體表達謝意　建立良好自我感覺

既然正面的身體形象這麼重要，那麼我們該怎樣建立一個正面的身體形象呢？以下給大家帶來一些小貼士：

1. 向身體表達感恩、善待自己的身體：請你每天向自己的身體表達謝意，感謝身體所能做的每一件事，讓你跑步、跳舞、呼吸、大笑、做夢等。慶祝每一件看似微小，但依然令人驚奇的事情，也正正是因為這一副身體，能讓你更接近你的夢想。同時，請你嘗試和你的身體合作，學習與身體的美好及缺陷共存，嘗試不要與之對抗，強迫身體作出改變。你可以先由選擇穿上舒適的衣服開始，學習讓你的身體感覺良好，而不是強迫它、討厭它。

恩同再造

2. 多留意自我、學習接納自己：多花時間留意自己的喜好，抽空記錄與自己內在相關的事情，別再只聚焦及局限於長相及身形上。看待自己時，嘗試不要專注於特定的身體部位，學習把自己看成一個完整的人，這些能幫助你更了解自己。當你懂得善待自己，對自己的一切感覺良好時，就會變得自信、懂得自我接納和抱持開放的態度。而這樣的你，更是光彩動人。謹記，真正的美麗是一種精神狀態，而不是身形體態。

3. 嘗試排除負面、消極的想法及相關信息：嘗試停止那些對你的身體作出嘲諷的內在聲音，別再讓那些「我不夠好」的想法在自己的腦海中迴蕩。取而代之，學習用積極或中性的想法對抗那些自我批判。你也需要學習以批判的態度看待社交媒體中有關身體的資訊，別讓那些貶低你的身體價值、令你對自己感到羞恥的信息主宰你的腦袋。

4. 關愛自己、他人，為自己及他人做點好事情：無時無刻地讓你的身體知道你欣賞它、寵愛它。花一點時間做一些讓自己快樂及輕鬆的小事情，例如洗個泡泡浴、抽時間小睡，或者找個安靜的角落放空一下。與其花大量時間在擔心食物、卡路里和體重上，倒不如抽空與他人接觸、幫助他人，或許這樣能令你自我感覺良好，同時為世界帶來積極的改變。

建立正面的身體形象絕非一朝一夕的事情，但願各位能由今日開始，好好學習與自己和身體相處，愛自己、關心自己多一點。謹記：「你是女神，不要為俗眼收斂色彩！」

參考資料：

Cash, T.F. (2002). Women67-74.'s body images, In G. Wingood & R. DiClemente (Eds.), *Handbook of women's sexual and reproductive health* (pp. 175-194). New York: Plenum Press.

Cash, T. F., & Fleming, E.C. (2002). The impact of body image experiences: Development of Body Image Quality of Life Inventory. *International Journal of Eating Disorders*, 31 (4), 455-460.

Eagly, A.H., Ashmore, R.D., Makhijai, M.G., & Longo, L.C.. (1991). What is beautiful is good, bu…: A meta-analytic review of research on physical attractiveness stereotype. *Psychosocial bulletin* 1810-1128.

Fredrickson, B.L., Roberts, T., Noll, S.M., Quinn, D.M., & Twenge, J.M. (1998). The swimsuit becomes you: Sex differences in self-objectification, Restrained eating and math performance. *Journal of Personality and Social Psychology*, 75, 2690284.

Gillen, M.M. (2015). Associations between positive body image and indicators of men;s and women's mental and physical health. *Body Image*, 13,

Halberstadt, J., & Rhodes, G. (2000). The attractiveness of nonaverage faces: implication for evolutionary explanation of the attractiveness of average faces. *Psychological Science*, 11, 285-289.

Jackson, L.A., Hunter, J. E., & Hodge, C.N. (1995). Physical attractiveness and intellectual competence: A meta-analytic review. *Social Psychology Quarterly,* 58, 108-122.

McKinley, N.M. (1999). Women and objectified body consciousness: Mother's and daughters' body experience in cultural, developmental and familial context. *Developmental Psychology,* 35, 760-769.

6.4

我們的秘密，閨蜜心理學

「聽過你太多心事 但已經不再重要，眼見你快做新娘，做密友的真想撒嬌，我與你太好姊妹，為你竟哭了又笑……」楊千嬅的舊歌《姊妹》，唱盡了關於閨蜜的情義。悠揚歌聲下，我放下了照片，想起往事如煙。

還記得那年我們只有14歲，中二乙班的15和16號，猶如孖公仔的鄰座，不論小息、午飯都有你在一起。轉眼間一同升上大學，分享過所有關於男朋友的秘密和趣事，經歷過那些互相陪伴、喝到醉醺醺的日子，還有擦過你臉龐上的淚痕，接過你凌晨三、四點的電話，但願友誼一直永固。然後，時光飛逝，我們各自投入職場，遇到過麻煩上司、小器鬼同事，以及分享過升職、加薪的喜悅，一直以來也有你在身旁。直到那天，你伴著我穿上婚紗，接過我手中的花球，我看見你偷偷擦過眼角的淚，你笑著祝願我一輩子幸福，那一刻我還以為我們的友誼可以直到永遠。

然而，不知道由哪一天開始，友誼卻於慢慢褪色。是由你升上了管理層的位置開始？還是由我辭去工作，當上了全職家庭主婦開始？說起上來，也真的不知道為甚麼，我倆的話題愈來愈少，你說的人事糾紛、商場決定，我通通不懂。而我對孩子的教養、升學安排，恐怕你也不感興趣。就這樣，從前四、五小時也不夠的聚會，逐漸變得連一、兩小時也嫌多的景況，相對也無言，見面的時間也變得淡而無味。

我知道，我們依然是朋友，只是慢慢我發現你的社交媒體出現了很多新的臉孔，男的女的頻密地出現，這些人我都不再認識了。接著，我逐漸發現於你身邊發生的事情，我再也不是第一位知道，現在恐怕只有社交媒體會告訴我你的近況了。但是，我們依然是朋友，我們從來沒有吵架、沒有絕交，也沒有分手，你依然是那個你，我依然是那個我，只是我們卻不再是那個我們了。

縱然如此，我仍然盼望著你幸福，而你，相信亦如我一樣。也許，一輩子的好閨蜜，就在互相祝願下彼此放開對方的手，從此各奔前程。只是偶然，非常的一個偶然，我還是會想起舊陣時的日子，那個平淡、卻滿載回憶的班房，還有那個在回憶中閃閃發亮的你。

女性的友誼　使抗壓力增加

就女性而言，閨蜜是一個特別的存在，與朋友不同，有著一種特殊的連繫。無數心理研究指出，擁有親近的人際關係，能預測一個人的快樂指數。而當我們擁有一個可以讓自己表現自我、感到被接納的親密朋友，便有助增強我們的自我認同感(Ghisleni & Rebughini, 2006)及社會認同感(Jedlowski, 2000)。近年研究甚至指出擁有親密的朋友和社交支援，對女性來說，可以減低患有早期乳腺癌的死亡率(Samson, 2011)。

究竟閨蜜的情義與男性的兄弟情有甚麼分別？而這種關係對女性的精神、心理健康又有甚麼重要性呢？

相信大家多多少少都會認同，男性和女性於理解事情、思考邏輯、行為模式都頗為不同。也正因如此，兩性對友誼的期望和社交方式更是截然不同。就行為、相處模式而言，研究發現女性朋友聚會時較喜歡彼此面對面坐著聊天，因而被歸類為「面對面」的相處模式。相反，男性則喜歡通過一起進行「肩並肩」的活動，就如做運動的時候，才會敞開心扉、互吐心聲，因而被定義為「肩並肩」的關係(Greif, 2008)。而影響友誼親密感的因素，對男性和女性而言也大為不同。於女性來説，與閨蜜的教育背景、幽默感、幸福感相近，有助增強兩人的親密感。而就男性而言，與好友的財政狀態、外向程度愈相似，則關係愈親密(Pearce et al., 2021)。同時，共同經歷對男性來説是一個維繫友誼的因素，但在女性身上卻有相反效果。學者因此提出，這或許是因為女性較重視友誼間的親密度，而非關係的長短，而男性則相對上較依賴參與共同活動以維繫友誼(Pearce et al., 2021)。再者，外向程度相近對男性相對重要，亦可能反映出男性較喜歡群體的社交方式，而女性則更喜歡一對一的社交方式(David- Barrett et al, 2015)。以上的觀察，不知道大家又是否認同呢？

既然社交上的孤獨感會影響我們的身心靈體健康，友誼就固之然重要。而相比起普通朋友，閨蜜這種最親密的同性友誼，對女性來説也有一些特殊價值。原來當女性和其他女性建立親密的友誼後，身體會釋放出催產素（Oxytocin），令女性的抗壓力增加，因而緩衝戰或逃反應(Fight-or-flight Response)(Taylor et al., 2000)。同時，當女性面對壓力時，比男性更傾向尋求與他人聯繫以獲得支援，對象便是同性朋友(Lewis & Linder, 2000)。如果以進化心理學的角度來解說，或者不難理解這種行為模式。遠古時候資源缺乏，當男性離家狩獵時，女性多以群體生活。為了活命、為了孩子，與同性建立親厚的關係，便有助互相通訊及分享資源。因此，閨蜜這種關係可以算是一種流傳於血液中、極具適應性的女性行為模式。

閨蜜是女性其中一種重要的能量來源，若然這篇讓你想起那個好久不見的她，還不趕快撥出時間和她一起來個約會？

參考資料:

Davidson, S., & Packard, T. (1981). The therapeutic value of friendship between women. *Psychology of Women Quarterly*, 5(3), 495-510.

Greif, G. (2008). *Buddy system: Understanding male friendships*. Oxford University Press.

Pearce, E., Machin, A., & Dunbar, R. I. (2021). Sex differences in intimacy levels in best friendships and romantic partnerships. *Adaptive Human Behavior and Physiology*, 7(1), 1-16.

Taylor, S. E., Klein, L. C., Lewis, B. P., Gruenewald, T. L., Gurung, R. A., & Updegraff, J. A. (2000). Biobehavioral responses to stress in females: tend-and-befriend, not fight-or-flight. *Psychological review*, 107(3), 411."

Chapter Seven

年長的一課

7.1

安享晚年，談何容易

這裡是香港的公共屋邨。

放眼望去，幾乎每一個角落都能看見上了年紀的長者。

公園裡，公公婆婆各自各精彩。這邊的涼亭，幾位公公婆婆坐在長椅上乘涼，一邊緩緩搧著手上紙扇，一邊閒話家常，有一句沒一句地搭訕著；那邊的棋枱，兩位叔叔在下著象棋，周圍站著一群「塘邊鶴」，七嘴八舌地討論著戰況，還不時充當軍師，比手劃腳地出謀獻策；另一邊的空地，伯伯們有姿勢有實際地耍著八段錦，旁邊的嬸嬸則活力十足地跳著扇子舞。「慢活派」拄著枴杖在步行徑上散步，「養生派」忍著痛楚在鵝卵石徑上腳底按摩……

茶樓裡，光顧了幾十年的老顧主自動自覺地找到屬於自己的座位和搭枱伙伴，寒背的老侍應也熱情熟絡地招呼著他們。有人靠邊坐，端出「私伙」茶葉和茶具，自顧自地泡茶品茗，樂得清靜；有人滿場飛，與年紀相若的侍應、茶客們寒暄一番。有人是「評論家」，開著收音機，打開報紙，家事、國事、天下事，無所不知；有人是「博奕專員」，手裡拿著馬經，頭頭是道地分析著跑馬賽事；有人是「食評家」，天天吃著一盅兩件，多一分鹽少一分糖都逃不過他們的「金舌頭」……

街市裡，大清早就擠滿了買餸的公公婆婆。海鮮檔前，婆婆上演一幕徒手活捉大海斑，說是要給孫兒女們「加餸」；水果檔前，大姐用洪亮的聲線重複著價錢，手口並用地幫助聽覺不靈光的伯伯付款；菜檔前，老花眼的公公努力地翻動錢包，一不小心把零錢掉落一地；雜貨店前，一對年老夫婦忘記了家中的雞蛋是不是已經吃完，爭拗著要不要多買一排……

香港，老了。The City is Aging.

銀齡海嘯席捲全球

隨著醫療科技的進步、生活條件的改善，人類的平均預期壽命愈來愈長。根據最新的估算，2021年的全球平均壽命為71歲，女士的平均壽命為73.8歲，比男士的68.4歲稍高（Our World in Data, 2019）。

人均壽命延長，世界各地的長者人口也愈來愈多。世界衛生組織估算，在2020年至2030年這十年時間，全球60歲或以上的長者人口會由10億增加至14億；到了2050年，這個數字更會增長至21億；而當中80歲或以上的年老長者人口將會是現在的三倍，達4.26億（World Health Organization, 2022）。這樣龐大的數字，著實教人驚訝！

銀齡海嘯席捲全球，香港這個彈丸之地又豈能置身事外？事實上，香港人的平均預期壽命可是名列前茅、領先國際的！2021年，香港人的平均預期壽命是85.5歲，位列全球第二；而女士的平均壽命為88.3歲，同樣比男士的82.7歲稍高（Our World in Data, 2019）。

那麼香港的長者人口又有多少？根據香港政府統計處數字，2022年香港65歲以上的長者人口數字為152萬，佔全港人口的20.9%，即是大約每5位香港人中就有1位是65歲以上的長者。而到了2037年，長者人口推算會達到258萬，佔全港人口約30%，也就是說，大約每3位香港人中就有1位是65歲以上的長者（Census and Statistic Department, 2022）！

富貴圖

年長的一群　身心需要大不同

年紀大了又如何？

身體健康自然是一大關注。年紀大了，身體少不免出現大大小小的毛病。我們可曾想過，自己的一生中有多少時間，會與健康問題一起生活？健康大數據中，有一個有趣的概念，叫做健康預期壽命（Healthy Life Expectancy）。健康預期壽命是 個人生命中沒有受健康問題影響的年數。數字顯示，2016年全球人口平均的健康預期壽命是63歲。如果用全球平均壽命為71歲作推算，長者平均會有長達八年的時間受到大大小小的健康問題困擾（Our World in Data, 2019）！

心理情緒狀況是另一關注。歐洲的一個研究項目，訪問了三千多位來自六個不同國家、65歲至84歲的長者。結果發現，在訪問進行前的一年，35.2%的受訪者曾經出現情緒困擾；當中17.2%曾經出現焦慮症狀，13.7%曾經出現抑鬱、焦躁等症狀，8.9%曾經有濫用酒精、藥物或其他物質的習慣，4.1%曾經出現身心障礙症狀（Andreas, et al., 2017）。長者的自殺風險也非常值得我們關注——在2019年，全球55歲以上的長者中，每10萬人就有大約14到34人因為自殺而失去生命，遠高於整體人口自殺率的每10萬人中約9人(Our World in Data, 2021)。

老年生活在香港

香港的長者又怎樣？

身體健康方面，很可惜，香港並沒有健康預期壽命相關的估算數字。不過，我們可以參考中國的數字。以中國整體的人口平均壽命和健康預期壽命估算，長者大約會有10年時間受到健康問題困擾(Our World in Data, 2019)。政府統計處數字亦顯示，香港有121.6萬60歲以上的長者患有慢性疾病，需要長時間接受藥物治療、覆診或打針服藥(Census and Statistic Department, 2021)；而另一項較早期的統計數字更顯示，有40.5%的長者同時患有兩種或以上的慢性疾病(Census and Statistic Department, 2009)。

心理方面，有研究團隊在2022年進行了一項社區研究，用電話訪問了差不多5,000名長者。受訪者中超過34%出現情緒困擾，14%有抑鬱症狀，12%有焦慮症狀，29%感到孤獨 (The University of Hong Kong, 2022)。而政府統計數字亦顯示，香港有大約12.8萬60歲以上的長者長期受精神病或情緒問題困擾(Census and Statistic Department, 2021)；單單在2021年，每10萬名60歲以上的長者就有超過20人因為自殺而失去生命，同樣遠高於整體人口自殺率的每10萬人約12人（HKU HKJC Centre for Suicide Research and Prevention, 2022）。

看來，人生過了半百，日子還是很不容易過！

參考資料:

Andreas, S., Schulz, H., Volkert, J., Dehoust, M., Sehner, S., Suling, A., ... & Härter, M. (2017). Prevalence of mental disorders in elderly people: the European MentDis_ICF65+ study. *The British Journal of Psychiatry,* 210(2), 125-131.

HKSAR Census and Statistic Department (2009). Thematic Household Survey Report No. 40. Socio-demographic Profile, Health Status and Self-care Capability of Older Persons. Retrieved from: https://www.censtatd.gov.hk/en/data/stat_report/product/C0000070/att/B11302402009XXXXB0100.pdf

HKSAR Census and Statistic Department (2020). Hong Kong Population Projections 2020-2069. Retrieved from: https://www.statistics.gov.hk/pub/B1120015082020XXXXB0100.pdf

HKSAR Census and Statistic Department (2021). Special Topics Report No. 63. Persons with Disabilities and Chronic Diseases. Retrieved from: https://www.censtatd.gov.hk/en/data/stat_report/product/C0000055/att/B11301632021XXXXB0100.pdf

HKU HKJC Centre for Suicide Research and Prevention (2022). Statistics of Suicide Data in Hong Kong (By Year). Retrieved from: https://csrp.hku.hk/statistics/

Our World in Data (2019). Life Expectancy. Retrieved from: https://ourworldindata.org/life-expectancy#life-expectancy-by-sex

Our World in Data (2021). Burden of Disease. Retrieved from: https://ourworldindata.org/burden-of-disease#the-disease-burden-by-age

The University of Hong Kong (2022). Survey reveals over a third of older adults in Hong Kong suffered from emotional distress in the fifth wave of COVID-19. Retrieved from: https://www.hku.hk/press/press-releases/detail/25189.html

World Health Organization (2022). *Ageing and Health*. Retrieved from: https://www.who.int/news-room/fact-sheets/detail/ageing-and-health

7.2

為何總是「想當年」？

三年的疫情過去，幾位年過六十，卻老是大不透的「活寶貝」終於有機會聚首一堂了。

這趟家族之旅可說是籌備已久，連同老爸在內的叔伯兄弟、姑姐嬸母，一行十多人，回到了既熟悉又陌生的鄉下。旅遊巴上大家嘰嘰喳喳的聊個不停，彷彿是一群興奮雀躍的孩子在參加學校旅行。

「你記得這條巷子嗎？阿華當年就是在這裡跌崩門牙的！你看，他的門牙就剩一半！他撞上的石凳子好像還在呢！」大哥棠說，引得眾人哈哈大笑。

「甚麼跌崩？老子是英雄救美！當年有多少狂蜂浪蝶，覬覦你們華嫂的美貌，整天跟出跟入，死纏不休。看老子多本事，以一敵眾，這半隻門牙可是『英勇徽章』，不然哪會娶得美人歸？不信你們自己問華嫂。」阿華昂首挺胸，還要作狀做出『老鼠仔』；身旁的華嫂嬌羞地笑著。

「拜託你，都一把年紀了還在逞強。學學我們家斌仔吧！真是人如其名，能文能武。前面粉橙色那一座就是他以前讀的中學，是市內第一中學呢！斌仔還要是全市首三名畢業的，簡直是光宗耀祖！我記得當年我們為了慶祝巷子裡出了個狀元，又舞獅，又炮竹，又流水宴，熱鬧到不得了！」一手帶大斌仔的大姊英驕傲地說。

「英姐實在太誇張了……喂，那是不是陳叔叔的魚塘？我們以前隔天就偷偷溜進去玩耍的……」斌仔被說得有點不好意思，試著轉移話題。

「哪裡是玩耍？是做小偷罷了，說是去游泳鍛鍊身體，其實是成群結隊捉魚食水果。也是沒法子，家裡孩子多，食物不夠分。偶爾被陳叔叔發現了，就得捱上幾棍掃帚，還好陳叔叔也不計較，一輪打罵，隔天也沒事。」當年跑得最慢、捱打最多的阿榮打斷斌仔。

這些故事都已經不知道重複過多少遍了，但這班「活寶貝」就是樂此不疲。往事，是唏噓，還是值得回味？

梳理過去　肯定自我價值

為甚麼年紀大了，總喜歡「想當年」？那得從發展心理學理論，了解一下長者們的心理需要。美國心理學家Eric Erikson在1950年提出了心理社會發展理論，主張我們一生的心理社會發展可以分成八個階段(Erikson & Erikson, 1998)。在每個階段，我們會遇上不同的人生課題，需要完成一些階段性任務，才會成長，繼續往下一個階段進發；相反，如果我們挑戰失敗，未能完成任務，就會出現問題和危機，甚至妨礙我們往下一個階段進發。道理很簡單，就是打機贏不了「Boss」，卡關了，不能升Level，無法晉級。

長者們活了數十載，有甚麼關卡可以難倒他們？原來，當我們活到60歲，就是來到了中年晚期(40至64歲)和老年時期(65歲至死亡)。中年晚期的人生課題是創造與停滯(Generativity Vs. Stagnation)，任務是將自己的知識、技能、經驗和價值觀傳承給繼承者們，培育下一代；成功挑戰這個關卡，我們就會學懂關懷和給予，感覺自己有能力參與和貢獻社會。老年時期的人生課題是圓滿與失落

(Integrity Vs. Despair)，任務是回顧自己的人生經歷，數算一生的功過得失，同時調節步伐，嘗試適應「退下來」的生活；成功挑戰這個關卡，我們就會多添幾分成就感和人生智慧，感覺生命圓滿和有意義，也更能夠安然無憾地面對死亡。

所以，「想當年」其實是人類心理社會發展中的一個自然階段，幫助我們梳理過去、整合經驗、順利過渡到人生晚期，迎來生命的終結。「想當年」可以有不同的內容：生活點滴和瑣碎軼事；那些年的美好時光；不愉快經歷和人生遺憾；知識、技能和經驗；個人的資源、長處和力量；待人處世的人生智慧……這些內容，對長者的心理健康有著不同的作用，有些能促進長者與朋輩、家人和後輩的溝通連繫；有些令長者有機會重新認識自己、肯定自我價值；有些可以幫助長者重拾生活的信心，面對當前的轉變和挑戰。當然，「想當年」也不是一面倒的好。如果長者過分沉溺過去，甚至以此逃避現實，自然會影響日常生活和身心健康(Westerhof, Bohlmeijer & Webster, 2010)。

懷緬治療　提升長者身心健康

精神科醫生Robert Butler進一步將「想當年」結合心理治療，發展懷緬治療（Reminiscence Therapy），通過回味一些過去的人事物，或是生活和經歷，幫助長者回顧人生，改善心理健康（Butler, 1963）。懷緬治療的另一個變奏是生命回顧治療（Life Review），就是更有系統地將長者的人生經歷按照不同範疇和主題，如出生、成長、家庭、工作、退休等組織歸納，並加強引導分析的部分，幫助長者理解過去的經驗如何建構成今天的自己，影響著自己如何看待生命意義和人生價值，及如何面對未來的生活和挑戰（Lodha & De Sousa, 2019）。

在過去的數十年，懷緬治療已經廣泛應用於不同的長者群組，例如認知障礙、抑鬱症、癌症、晚期及長期病患等；治療的形式亦千變萬化，加入寫作、藝術、音樂、活動、感官體驗等元素；更有長者院舍開始將懷緬治療融入環境設計和照顧服務當中，打造沉浸式體驗。不同的研究發現，懷緬治療有助改善長者的抑鬱焦慮症狀；提升生活及社交參與程度、滿意感和整體生活質素；並刺激認知功能及記憶（Shropshire, 2020）。

說到這裡，不知道大家對「想當年」的看法有甚麼改變呢？

如果下一次有家人、朋友又開始「想當年」，我們會如何理解？如何回應？

又或者，會不會是我們自己，開始有點想「想當年」了？

參考資料：

Butler, R. N. (1963). The life review: An interpretation of reminiscence in the aged. *Psychiatry*, 26(1), 65-76.

Erikson, E. H., & Erikson, J. M. (1998). *The life cycle completed (extended version)*. WW Norton & Company.

Lodha, P., & De Sousa, A. (2019). Reminiscence therapy in geriatric mental health care: A clinical review. *Journal of Geriatric Mental Health*, 6(1), 7.

Shropshire, M. (2020). Reminiscence intervention for community-dwelling older adults without dementia: a literature review. *British Journal of Community Nursing*, 25(1), 40-44.

Westerhof, G. J., Bohlmeijer, E., & Webster, J. D. (2010). Reminiscence and mental health: A review of recent progress in theory, research and interventions. Ageing & Society, 30(4), 697-721.

7.3

無用？有用？

噢！天啊！看樣子，老媽又要「發作」了！

還沒有等大家回過神來，眼神空洞的老媽就開始碎碎唸了：

做人真苦，小時候家境不好，家裡孩子多，要捱；年輕時掙錢不多，要養家活兒，要捱；捱了幾十年，以為終於可以過點安樂日子，誰知道還是要捱！捱病、捱痛、捱時間！幾十歲人，家頭細務做不了多少，看顧孩子精力又不夠，連走路、吃飯、上廁所都差點要人幫忙了，還要用孩子們辛辛苦苦掙來的錢看病買藥請工人！人老了，有啥用？長命百歲，苦了自己，又負累孩子，這樣做人是幹嘛？活著到底是為甚麼？

老媽每一次「發作」，就變成了家裡的「黑氣石」。兄弟姊妹們費盡九牛二虎之力，哄過、騙過、道理說過、脾氣也發過，就是說服不了她。無可奈何，也就只好任由她沒完沒了地「放負」。

類似的情境，大家有遇過嗎？

主觀的無用感覺

原來，人活到了一定的年紀，會覺得自己「無用」、拖累別人，也不是甚麼新鮮事。一項在中國內地進行的大型追蹤性研究，回顧了2005至2014年間，從26,000多位65歲以上長者身上得到的數據，發現有31.2%間中會覺得自己「無用」，23%經常覺得自己「無用」(Zhao, Sautter, Qiu & Gu, 2017)。也就是說，平均每兩位長者就會有一位覺得自己「無用」！

究竟「無用」是甚麼？一般來說，「無用」就是自我感覺不良，包括覺得自己不重要和對自己的負面評價(Zhao, Sautter, Qiu & Gu, 2017)。既然是「感覺」和「評價」，「無用」很多時帶有主觀成分，受著自己對變老的看法所影響，回應著家人、朋友、鄰居、大眾對長者的期望，也反映著社會制度如何看待銀髮族的能力和需要。「無用」的感覺並不是長者的專利，我們每一個人在人生的不同階段，都曾經試過覺得自己「無用」；不同的是，年輕的人會有更多條件和機會，通過學習和嘗試，驗證和減輕「無用」的感覺；而年長的人，無論身體、心理、能力、生活、環境和資源都會多了一點限制，沒有那麼容易擺脫「無用」的感覺。

覺得自己「無用」很可怕，可怕在它會無孔不入地蠶食長者的身心健康、活動能力和家庭社交生活(Zhao, et al., 2017)！綜合多年來的研究，覺得自己「無用」的長者，普遍會出現較多功能缺損、身體障礙和長期疾病；身體需要更多時間才可以從疾病中康復過來；認知功能和心理狀況也較差。他們較少參與運動和社交活動，傾向不滿意自己的身體狀況和生活，也較缺乏自信心和自我能力感。有研究更發現，覺得自己「無用」竟然和長者的死亡風險也扯上關係。

無用感覺　影響身心健康

為甚麼覺得自己「無用」會那麼可怕？

生理上，覺得自己「無用」，會令我們感受到壓力；而壓力會影響神經系統、心血管系統和免疫系統的運作，令身體出現心跳加速、血壓高、腸胃不適等生理反應。長期處於受壓的狀態，會增加身體的負擔和患上不同疾病的風險，也可能會減慢身體從疾病中康復的速度（Wurm, Diehl, Kornadt, Westerhof & Wahl, 2017）。

心理上，覺得自己「無用」，會令我們覺得自己無法掌控身邊的人事物；既然掌控不了，能力感也會降低；在面對困難和挑戰時，也就會顯得沒有信心，容易心情低落、意志消沉，甚至影響適應復原（Wurm, et al., 2017）。

行為上，覺得自己「無用」，會令我們失去照顧自己的動力，沒有心思安排自己的生活作息、打點起居飲食，病倒了不求醫不吃藥，有需要不傾訴不求助，別人主動幫忙又覺得自己依賴和拖累別人。久而久之，小病變大病，小問題變大問題（Wurm, et al., 2017）！

對症下藥　用心回應長者的需要

既然覺得自己「無用」那麼可怕，作為身邊的家人、朋友，我們又可以如何回應？

我們參考了世界衛生組織在2020年出版一份關於健康老年的報告（World Health Organization, 2020），給大家一點建議。

1.從長者的視角出發

我們看見長者有需要，很多時候會急不及待伸出援手——行動不便嗎？那就安坐家中看電視，等有人陪伴才出門走動吧；手腳不靈光嗎？那就不要操持家務，讓年輕的來打點好了；精神不夠、腦筋轉得慢嗎？家庭活動、旅行路線就交由其他人代為安排好了，省點時間小睡休息，到時候乖乖跟大隊就行了……是的，我們是一片孝心，本著「為你好」的心意，希望能妥貼安排長者的生活。但是，有時候這樣的好會叫人無從拒絕，教人有口難言，令人感到窒息！看著自己疼惜的兒孫、家人圍著自己團團轉，為自己的生活作息、家庭活動東奔西走，四處張羅，忙得不可開交，自己卻只能坐在一旁，有意見不敢多説，想要幫忙也無從入手，默默跟從已經安排好的一切，儼如一個局外人，心裡會是怎麼樣的感覺？

2.容許長者動手自己做

從長者視角出發，我們大概不難明白，相比幫助和照顧，長者更需要能主導和參與自己的生活。主導和參與的大原則，就是長者能做到的、想做的，盡可能讓他們自己動手做；做得慢，做不好也沒太大關係。我們的角色，是協助陪伴提點而不代勞。因應長者的喜好、身體狀況和能力，在日常生活的時間、細節和期望作出調節和配合。長者想要自己外出飲茶，可能要考慮跌倒的風險、規劃可行的安全路線和地方、準備需要的輔助工具等；長者想要參與家務，可以選擇一些較為輕巧無危險性的，例如摘菜、剝栗子殼、搓麵糰、摺衫；長者想要辦家族飯局，可以讓他們參與討論邀請名單、購物清單、食物菜式……反正各適其適，能讓他們發揮自己的能力和專長就好。

3. 製造「被需要」的感覺

讓長者動手自己做的另一個重點是「被需要」的感覺。能主導和參與生活，意味著長者在家庭、朋友圈、社會還有一定的角色：做家務是照顧家庭的角色，家人還需要他們；去飲茶是朋友、鄰居的角色，有人還記掛他們；做義工是關心別人的角色，社會上還有人重視他們的貢獻……所以，要令長者覺得自己有用，我們也可以嘗試在日常生活中為他們創造多一些角色、安排多一點任務，製造「被需要」的感覺。家中有小孩的可以請他們幫忙帶孩子，煮煮粥也好，說說故事也罷，玩玩卡牌也行；長者本身擅長烹飪的，可以向他們多多請教，柴米油鹽調味料的分量、包餃子的方法、家傳的蘿蔔糕食譜……事無大小都找他們商量，就是不要讓他們太過閒著。

4. 保持長者與自己、他人的連繫

要長者覺得自己有用，能夠保持與自己、他人的連繫也是關

鍵。上一章提過的「想當年」就是一個很好的方法。與年紀相若的長者們聚在一起，找到共同話題，細訴陳年往事，是與同輩的連繫；與年輕一輩說說自己的故事，吹噓那些不知孰真孰假的發跡「威水」史，是與後輩的連繫；獨自回顧人生經歷，數算功過得失，認識和肯定自我價值，是與自己的連繫。那麼我們怎樣可以觸發這個「想當年」的過程？可以翻看舊照片或影片、整理舊物；可以淺嚐懷舊小吃、鄉土菜式；可以重遊舊地，與家人朋友相約聚舊……這裡提到的，說不定大家已經做過了，但是「想當年」的精髓，在於如何幫助長者整合過去的經驗，過好現在和未來的日子。如果在「想當年」的過程中，我們發現了長者特別記掛某家人、某朋友，我們可以怎樣做？又如果，我們發現了長者原來是一個被工作、生活耽誤了的「好聲音」，我們又可以怎樣做？

5. 聰明地糊塗的藝術

與長者溝通相處，除了保持禮貌和尊重，還要懂得在適當的時候裝糊塗、找藉口！明明上網可以找到餃子食譜和製作方法，我們就是明知故問，就不要介意亂來一下，拙劣地把餃子包得三尖八角，讓長者有機會分享心得和一展身手；明明可以安排時間帶孩子，我們就分一點時間忙工作、忙約會，令長者有時間與孩子們相處；明明那些陳年往事都不知聽過多少遍，我們繼續專心聆聽，叫長者們可以興致勃勃地說故事、講道理；明明是不放心，想要從旁協助，我們卻說成是自己要他們陪伴幫忙，令長者感覺自己「被需要」……要顧及長者的面子和尊嚴，有時候我們得動動腦筋，聰明地糊塗，交一點戲，加一點語言偽術。

看著看著，不知道大家有沒有發現，和長者相處，竟然有點像教養小孩子？

成語說的「返老還童」，或者真是有點道理的！

不過，要應付老頑童可是不容易的！身邊的家人、朋友需要付出的體力、時間、精神和耐性，絕對不容小覷；所以，大家也要學習照顧自己、平衡生活，有需要時主動向其他家人朋友、社區機構，甚至專業人士尋求支援和協助。

參考資料:

World Health Organization. (2020). *Decade of healthy ageing: baseline report*. Retrieved from: https://www.who.int/publications/i/item/9789240017900

Wurm, S., Diehl, M., Kornadt, A. E., Westerhof, G. J., & Wahl, H. W. (2017). How do views on aging affect health outcomes in adulthood and late life? Explanations for an established connection. *Developmental Review*, 46, 27-43.

Zhao, Y., Sautter, J. M., Qiu, L., & Gu, D. (2017). Self-perceived uselessness and associated factors among older adults in China. *BMC geriatrics*, 17(1), 1-19.

7.4

空巢
老人

這天，家裡特別安靜。這六百來呎、三房兩廳的單位也顯得特別空虛。

看著女兒和女婿的身影在飯廳和房間之間來回穿梭，收拾細軟，整理行裝，在旁幫忙打點的兩老真是百般滋味在心頭。對，女兒一家要移居英國了。他們知道女兒一家的考慮，明白他們的決定，也相信他們在新的環境會有更好的生活。可是，家裡的每一個角落就是充滿著令人依依不捨的回憶：房門的貼紙，是小時候給女兒的獎勵；牆上的「壁畫」，是女兒的百厭傑作；還有衣櫃上給女兒量度身高的刻度、陪伴女兒無數個熬夜晚上的書桌、一家人聚在一起吃飯聊天的大圓桌子、女兒結婚時還沒有拆下的大紅「囍」字裝飾……眼前一幕幕，盡是當日精靈活潑的小女孩，逐漸長大成現在亭亭玉立的輕熟女模樣的片段。

作為女兒的又怎會不懂得父母的心思？但是她實在不曉得如何回應安慰。她知道父母擔心自己，這畢竟是自己頭一次到外地定居，還要身懷六甲；她明白父母不捨得自己，始終花了這麼多心血，照顧和栽培自己……其實她也很掙扎，她還沒有機會好好報答父母的養育之恩，也沒有太多時間陪伴他們，但又不得不為丈夫、快出生的孩子、生活、工作、未來打算……

好了，是時候走了。千頭萬緒，最後就只剩下八字真言：一路順風、照顧自己。

移民風潮　那些留下來的長者

這幾年，移民成為香港人的風潮。根據政府統計處的最新數字，香港的人口由2021年年中的741萬，減少至2022年年中的729萬，扣除因為死亡流失的人口，在短短一年間，共有11.3萬香港人移出香港！如果再把時間推前一點，由2019年中開始計算，數字更令人驚訝，三年來移出香港的人數合共竟然達23.2萬（Census and Statistics Department, 2023）！

移民風潮，遺下了一群「留守長者」。「留守長者」的日子不容易，昔日照顧自己的子女不在身旁，需要自己照顧的孫子

孫女也離開了；曾經同住的家人不見了，屋裡熟悉的聲音消失了……人到六十，面對離愁別緒，教人怎不唏嘘感慨！

我們常常會聽到「空巢」一詞，著實生動傳神地概括一眾「留守長者」的境況。「空巢」，源於雀鳥長大，學會自行覓食，離開出生的鳥巢，不再與父母同食同住的自然現象。美國社會學教授Evelyn Millis Duvall於1950年代借用「空巢」一詞，形容家庭生命週期理論中的第七個階段。在這個階段，家庭中的兒女逐漸長大，離開父母獨立生活，家庭又再次回復到當初那個只有夫婦二人的狀態（Duvall, 1957）。不過，年邁夫婦二人所遇到的挑戰可不是那麼簡單！除了與兒女分別的傷感不捨，剩下老伴相依的冷清孤寂，還伴隨著家庭重心的轉變和生活規律的調整。試想想，打從兒女出生，兩夫婦在往後二、三十年的生活就是圍著兒女團團轉：休息進餐，得遷就兒女上學上班的時間；煮飯熬湯，要考慮他們的喜好和口味；節日假期，總離不開親子活動和家庭聚會……兒女離家了，生活一下子失了重心，原來忙碌的日程不見了，多出來的時間不知道做甚麼才好，生活頓時變得如此百無聊賴！

是真的！ 2018年出版的一份文獻，回顧了由2000到2017年間，在六個國家進行過的研究，發現「留守長者」整體的身心狀態較一般長者差，他們出現更多的抑鬱和焦慮症狀，較容易感到寂寞，認知能力、健康狀況和生活質素較差，對生活的滿意程度也較低（Thapa, Visentin, Kornhaber & Cleary, 2018）。不過，近年也有學者認為，隨著人口結構的改變、人口流動性增加、個人主義的興起，「空巢」對於長者身心健康的負面影響沒有想像中那麼大。有研究結果甚至指出，「留守長者」和其他長者在主觀生活幸福感上並沒有顯著分別（Zhang, 2020）。莫非，時代的巨輪，迫使長者習慣了生命中的聚散分離，變得獨立了起來？

留港長者有心事

留港長者又如何？香港基督教服務處於2022年11月至2023年2月期間，進行了一項「留港長者狀況及服務需要調查」（Hong Kong Christian Service, 2023），訪問了203位50歲以上在社區居住的長者。結果顯示，36%的受訪長者有子女打算在2020年或以後移民，當中63%的移民子女為長者的最主要照顧者。而留港長者的身心健康明顯比其他長者差，當中有79.5%屬於社交孤立的高風險一族，69.9%表示會因為子女移民而感到孤單，甚至出現抑鬱傾向，更有部分長者覺得子女移民後自己的健康及生活質素受到影響，包括記性變差（42.5%）、失眠較多（41.1%）、日常生活開支受影響（39.7%）和消閒活動減少（38.4%）。

做足準備功夫　有助良好適應

家中有人要移民了，無論是留守的長者還是離開的家人，都無可避免要學習適應調節。以下是一些小貼士，給大家參考：

提早商量、鼓勵參與

移民是一個重大的家庭決定，如果可以的話，盡可能邀請長者一起商議，提前至少三至六個月將決定告知長者，並鼓勵他們參與準備工作。一起商議、提前告知，可以容許長者有多一點時間消化；參與準備工作，有助長者逐步接受與家人分別的事實，讓他們在離愁別緒之中有一點寄託。家人可以邀請長者一起清理不會帶走的物品、收拾和添置需要帶走的物品、打掃住所、幫忙處理移民申請的文件、討論新居的裝修設計、商量學習或工作安排等。另外，家人也可以讓長者多了解移民當地的資訊，例如時差、飲食習慣、風土習俗、當地的生活和工作環境，令長者可以對家人的移民生活更放心。

為彼此做好心理準備

長者和我們以家人的身份，在同一座城市相處了很長的一段日子，即使不是一起生活、不能天天相見，那份彼此之間支持相依的感覺是那麼確切實在、觸手可及。移民將地域距離拉遠了，也將關係連結拉開了。面對這樣的離別，無論是長者還是家人，會有情緒反應，覺得失落、傷感、不捨、難過，實在是人之常情。在忙碌地籌備移民之餘，也請為長者及自己騰出一點時間和空間，留意彼此的情緒和需要，嘗試尋找合適的方法抒發感受。

移民需要儀式感

生活需要儀式感，生日有派對、孩子出生有百日宴、成人有成人禮、結婚有婚禮……移民同樣需要儀式感。儀式可以給大家一個機會，用行動與家人朋友、熱愛的地方好好道別，表達自己的感恩和不捨，為彼此送上最真摯的祝福，同時為迎接新生活做好準備。儀式沒有特定的形式，也很視乎個人喜好。重遊舊地也好，留下倩影也好，品嚐地道美食也好，相聚話別也好，交換禮物也好……反正能好好說聲再見，留下美好回憶就好。

保持聯絡溝通　延續感情連結

移民是離別，但不等於關係的終結；相隔兩地，也不等於連結的中斷。嘗試發揮創意，延續長者和家人的連結。移民前，我們可以善用有限的時間，安排家庭活動，爭取彼此相處的時光，製造共同回憶，好等日後想念對方的時候，可以好好回味一番。我們也可以與長者、家人制定有規律及固定的溝通時間表，在移民後安排每星期一至兩次的定期視像通話；尤其是節慶、生日等家人相聚的重要日子，通過視像通話，隔空問候，一起吃應節食品，慰解思念之餘，也可以令彼此有機會表達關心。

建設家庭和社交支援

要幫助長者過渡和適應家人移民後的生活，其他家庭成員的配合絕對不可或缺。我們可以與其他留港的兄弟姊妹、叔伯嬸母共同商議，增加探望和見面的次數，加強長者與其他家庭成員、親戚朋友的連繫。另外，也可以協助長者發掘其他的興趣和生活寄託，逐步轉移生活的重心，重新建立屬於自己的生活規律和社交網絡。

移民不簡單，不管是離開的，還是留下來的，我們都很勇敢，活著如常，過日子如常，適應轉變如常，面對挑戰如常。

參考資料：

Duvall, E. (1957). Family development. Philadelphia: J.B. Lippincott.

HKSAR Census and Statistics Department (2023). Population Estimates. Retrieved from: https://www.censtatd.gov.hk/en/scode150.html

Hong Kong Christian Service (2023). 70% of Elders with Emigrant Children Suffer from Social Isolation and Depression. Retrieved from: https://www.hkcs.org/en/pressrelease/20230413-Elders_with_Emigrant_Children

Thapa, D. K., Visentin, D., Kornhaber, R., & Cleary, M. (2018). Migration of adult children and mental health of older parents 'left behind': An integrative review. *PloS one*, 13(10), e0205665.

Zhang, Y. (2020). Are empty-nest elders unhappy? Re-examining Chinese empty-nest elders' subjective well-being considering social changes. *Frontiers in Psychology*, 11, 885.

7.5

年長的失去，適應的一課

「老王，生日快樂！今天有啥慶祝節目？」

「都這把年紀了，慶祝甚麼？」

不經不覺，人生已經走到第七十個年頭，古稀之年，還有甚麼慶祝不慶祝？經歷了無數風風雨雨，看盡了多少生老病死，應該無慾無求、雲淡風輕了吧……

看看自己的容貌：頭髮愈來愈稀疏，還有那些染髮劑也蓋不住的花白頭髮；額上新長出來幾條明顯的「火車軌」；臉頰、手腳上深淺不一的老人斑；下垂的眼皮、鬆弛的面頰和下巴、失去光彩的眼睛，活像一頭老虎狗……人老了，樣子大概是這樣。

看看自己的身體。打風下雨的前夕，不是這裡痛就是那裡痠，走路難，坐著難，站起來躺下來也難；拐杖是我的好兄弟，吃飯、上廁所、洗澡、行街……通通缺它不可；體力是大不如前了，日常家務簡單如掃地、晾衫也得分開好幾次來做；一不留神不小心睡著了，一睡就是一個多兩個小時……人老了，身體大概是這樣。

看看自己的生活。退休之後，每天就是等，等吃、等拉、等睡、等時間過……名副其實的「四等人」；想來點運動嗎？身體就是不爭氣；要找朋友聊聊天嗎？搬家的搬家，移民的移民，病的病，死的死；子女兒孫呢？慰問關心確是不缺，就是各有各忙打拼生活，總不可能時時刻刻待在身旁……人老了，日子大概就是這樣。

七十歲，稀是稀，是「唏嘘」的「唏」！

他有説中長者們的心事嗎？

歲月催人　教人難以接受

政府的統計數字顯示，香港60歲以上的長者會出現不同的身體功能問題，大約55萬人覺得身體活動能力有一定的限制，32.2萬人視力出現問題，26.1萬人聽力出現問題，

大吉

13.2萬人溝通能力出現問題；而有大約31.4萬的長者更會因為這些身體功能問題，在日常生活遇到很大程度的困難，甚至完全不能做到某些活動，這些活動涵蓋工作居住、醫療復康、社區生活、外出活動、打理家務等不同範疇(Census and Statistic Department, 2021)。

雖説「年紀大、機器壞」是正常不過的，但當這個人生常態發生在自己身上，真實的感受又會是怎樣？

可能是受到傳統文化和道德觀念的薰陶，我們總是「律己以嚴、待人以寬」：如果眼前出現一位七八十歲的老人家，我們總會忍不住熱心地上前主動幫忙，拉門也好，攙扶也好，挽物也好……或者是出於一片惻隱之心，我們會有更多的體諒包容，覺得老人家年紀大了，「論盡」是可以理解的，況且我們幫得上忙的不過是舉手之勞，沒甚麼大不了。可是，當這位七八十歲的老頭兒換成是自己，話就不是這麼好説了！哪怕是簡單如端個杯子、坐個關愛座，也可能自覺為身邊的人製造了天大的麻煩，耽誤了別人的時間，負累了後輩的生活，佔用了社會的資源……甚麼惻隱之心、包容體諒，在自己身上通通不適用！還有一大堆「應該」、「不應該」：我的身體應該強健得老虎也能打死幾頭，不應該那麼容易疲累、生病；我應該可以幫忙家頭細務，照顧孫子孫女，不應該叫年輕一輩為自己的生活操心打點；我應該能維持自己的日常開支，不應該花費兒孫的一分一毫，增加他們的經濟負擔……仔細想想，我們會不會對自己嚴格過頭了？

人老了　五大深層次失去

為甚麼要對自己這麼嚴格？可能是因為我們面對的失去（Losses）實在太多，也太不容易。文獻告訴我們，原來當人年歲漸長，身體功能衰退，伴隨而來的，是五大「深層次」失去（Ribeiro, Borges, Araújo & Souza, 2017；Thumala Dockendorff, 2014）：

1. 自主獨立的生活

年紀大了，身體沒有以前的強健，手腳沒有以前的矯捷，感官沒有以前的敏銳，腦袋沒有以前的精靈，日常生活和活動自然會出現不同程度的限制，甚至需要用上一些輔助工具，找來家人朋友幫忙，或是尋求社區服務協助。我們可能會因此覺得生活不由自己掌控和主導，「無得揀」、「無得話事」，事事需要求人，感到自己「無用」、負累家人朋友。

2. 自我身份價值

身體的限制，意味著我們未必能夠繼續擔當某些家庭、社交和工作的角色，要逐漸退下來，並將這些角色交託給其他人。賺錢養家的角色、照顧家庭的角色、管理業務的角色、聯絡組織的角色……我們多年來不知道付出了多少心血經營的角色，早已成了自己的生活、身份和自我價值不可或缺的重要部分。退下來，沒有了這些角色，我們某部分的生活、身份和自我價值也跟著不見了，時間和精力不知道可以投放在哪裡。

3. 情感社交的連繫

脫離了原本的家庭、社交和工作角色，自己和家人、朋友、工作伙伴的關係不同了，相處模式變得不一樣了，生活的方式也改變了。對於身邊的人事物，我們好像多了一層隔閡——由身處其中的當事人，變成了置身事外的局外人，彷彿自己已經不再屬於曾經熟悉的家庭、朋友圈、社會和世界。

4. 離別帶來的失去

除了角色和身份上有所轉變，我們還得面對離別這個人生課題。兒女長大成人，離家獨立，移居外地；老朋友們生病的生病，忘記的忘記，過世的過世，見一次少一次；自己的日子也在倒數，不知道哪天會撒手而去，離開親朋摯友。生離死別，竟然如此近在咫尺。

5. 生活質素

從工作中退下來，收入減少，生活的開支卻避無可避。一日三餐，醫療保健、交通出行……通通要錢。眼看著戶口的儲蓄愈來愈少，我們只好盡量省吃儉用，減少不必要的消閒、娛樂、社交和旅遊等活動。這樣的日子，失去了活力，沒有了趣味，說得上是生存，談不上有質素。

「深層次」失去，會觸發一連串哀傷反應(Grief)，令我們在不知不覺間對自己變得嚴格。

哀傷反應，是當我們經歷失去以後，自然出現的身心反應，表現於思想、情緒感受、行為表現、身體和心靈等不同層面。人老了，會想拒絕承認自己的狀態、能力和生活不復當年(Denial)，並為此心有不甘、憤憤不平(Anger)，甚至用盡千方百計，試圖扭轉局面，令一切重回正軌(Bargain)。可惜，我們始終沒有能力對抗生老病死的自然定律，努力過後，希望落空，換來的只有失望和沮喪(Kübler-Ross, Wessler & Avioli, 1972)。

應對失去　上一門適應課

可幸的是，在這個哀傷的過程中，我們可以學習接受和適應，重新投入生活（Acceptance）（Kübler-Ross, Wessler & Avioli, 1972）。這裡有一些建議，希望可以幫助大家順利過渡：

肯定和接納哀傷

面對深層次失去，我們會傷心失落和有哀傷反應，是正常不過的。肯定自己的感受和情感需要，容許自己有空間和時間認識和接觸哀傷，還得有心理準備不同的身心反應可能會在我們學習接受和適應哀傷的過程中不時出現。

精簡人生，優而不多

活到這把年紀，既然時間和精力有限，就得學習精簡人生，擇優而活。可以嘗試把自己想見的人、想做的事情、想保留的角色⋯⋯逐一寫下，並加以排列分類，例如非常重要、很重要、一般重要和不太重要。有了優次排序，我們的時間和精力分配就會有多一點方向，編排日常生活、家庭、社交、工作等活動的時間也會容易一點。

轉型角色，逆襲人生

身心狀態的變化，令我們不得不承認，有些角色和任務，自己不能再以慣常的、熟悉的方式參與。可是，這是不是等於失去了這些角色、沒有了身份和價值？前文提過，人生到了中年後期，課題是創造，任務是傳承。身心狀態的變化正好為這個人生課題作好準備。我們會逐漸由親力親為、衝鋒陷陣的前線，轉型為經驗豐富、智慧過人、出謀獻策的頭腦擔當，扶助和栽培繼承者們，令自己曾經投入的生活角色和任務得以延續。或者，我們不過是換個更有意思的方式來繼續自己的角色、身份和價值罷了。

欣賞自己，表達感謝

要接受家人、朋友的幫忙，從來不容易。長者總會覺得，自己「有手有腳」，要麻煩身邊的人，很不好意思。但是，我們有沒有想過，在自己有需要時，有人出手相助，其實是一種福氣？有人幫助照顧，是因為有人關心記掛自己；有人關心記掛，是因為自己曾經用心經營關係，曾經竭盡所能守護身邊的人！人與人之間的關係是雙向的，我們在付出之餘，也要學會接收，讓身邊的人有機會回饋自己多年來的付出。試著欣賞自己一直以來對家人、朋友的付出，欣然接受他們的幫助照顧，並嘗試多表達感謝和欣賞之情，這或者比「放負」自責叫人好受，來得有意義。

年長的一課，實在不易過，活到老學到老就好了。

參考資料：

HKSAR Census and Statistic Department (2021). Special Topics Report No. 63. Persons with Disabilities and Chronic Diseases. Retrieved from: https://www.censtatd.gov.hk/en/data/stat_report/product/C0000055/att/B11301632021XXXXB0100.pdf

Kübler-Ross, E., Wessler, S., & Avioli, L. V. (1972). On death and dying. *Jama*, 221(2), 174-179.

Ribeiro, M. D. S., Borges, M. D. S., Araújo, T. C. C. F. D., & Souza, M. C. D. S. (2017). Coping strategies used by the elderly regarding aging and death: an integrative review. Revista Brasileira de Geriatria e Gerontologia, 20, 869-877.

Thumala Dockendorff, D. C. (2014). Healthy ways of coping with losses related to the aging process. *Educational Gerontology,* 40(5), 363-384.

Chapter Eight

雖然是精神病但……

8.1

香港人，你快樂嗎？

你還記得對上一次，開懷大笑是甚麼時候嗎？不是微笑，是真心誠意感到快樂的那一種。

笑是人類與生俱來的反應機制。不過，現今醫學界對笑的產生機制尚未完全掌握，但大部分的主流意見認為，笑主要和腦部兩個不同的區域，包括邊緣系統(Limbic System)及運動皮質有關。邊緣系統位於腦部核心位置，包含丘腦(Thalamus)、杏仁核(Amygdala)及海馬體(Hippocampus)等部分，其功能之一是支援及處理與情緒有關的信息。而笑所涉及的肌肉活動，則與負責掌控自主運動的運動皮質區域有關連（Rodden et al., 2003）。

不過，笑亦可以分很多種，最簡單的分類為本能、不由自主的笑（Provine, 2004），及人為的、蓄意的笑（Scott et al., 2014）。本能的笑，是真誠的、發自內心的，對生活樂事的回饋。當人感到喜悅、幸福或放鬆，便會出現；而人為的笑，則與內心情緒無關，只關乎想向外界發送不同的訊息，例如出於禮貌的陪笑、釋放善意的微笑、表示輕蔑的笑，又或是苦笑、尷尬笑等用於掩飾真實情緒的笑。總括而言，無論是本能的笑，還是人為的笑都好，「笑」都是一種非常重要的溝通及社交信號，以表達情緒，和別人建立關係。

笑令人更聰明？

除了社交作用之外，當人在笑的時候，心理與生理狀態都會發生很多正向變化。有研究就發現，笑對身體有很多好處，包括提升免疫力、降低血壓、強化心血管功能、燃燒卡路里、增加人對痛楚的耐受力，甚至有延年益壽之用（Martin, 2002）。而於心理健康上，笑能夠釋放幸福荷爾蒙——一種名為腦內啡的物質，有助紓解壓力，改善心情。更有學者提出，當人笑的時候，對於解決問題的信心和抗壓能力也會隨之增加（Yim, 2016）。

同時，笑亦可能令人變得「聰明」。當一個人笑的時候，大腦的 α 波會增加，讓人心情得以放鬆，這樣有助增加記憶效率、提升專注力。除此以外，笑會增加與意志力及理智有關的 β 波，也增加流經大腦新皮質的血液量，讓思緒更清晰(Berk, Cavalcanti, & Bains, 2012；Savage, Lujan, Thipparthi & DiCarlo, 2017)。最後，於社交方面，笑容往往有助打開對話和建立人際關係，而具幽默感和笑容的人往往顯得更親切及更受歡迎。由此可見，「笑」真的非常有用。

香港人的幸福感　全球排名吊車尾

雖然「笑」的好處很多，但根據香港人的快樂指數來看，恐怕大家真心誠意笑的機會卻並不多。聯合國於2023年發表的年度《全球幸福報告》中，香港人的快樂指數在全球137個國家和地區中，排名於82位，不但比中國、台灣及其他歐美國家低，連比俄羅斯排名也還要低。這個《全球幸福報告》是聯合國為衡量快樂之可持續發展方案而作出的國際調查報告，當中排名方法是根據六個因素而定，包括人均國內生產總值、預期健康壽命、人生抉擇自由、社會支援、慷慨程度及對貪腐的認知，從以評估一個地區市民的幸福、快樂指數。由此可見，香港人的幸福感還真的頗低。

RPG

面部表情決定心情

隨著本港防疫政策逐漸放寬，強制口罩令不再，街上終於開始出現一張又一張沒有口罩的面孔。過去生活於疫情中的幾年，不但令每個人都生活在不同壓力之中，更令人大大減少了展露笑容的機會。眾所周知，人的情緒會影響面部表情，但原來我們的表情也會反之影響情緒。

過去曾有學者提出「臉部回饋假説」(Facial Feedback Hypothesis)，指當一個人展露出笑容滿臉的樣子，他將會感到更快樂；相反，假如一個人表現出沮喪的樣子，也會隨之變得更加沮喪。有研究實驗將受測者分為兩群：一群用牙齒咬著筆，令面部露出類似快樂的笑；而另一群則是用嘴唇含著筆，呈現出近似愁眉苦臉的樣子。當兩組人看完同一本漫畫後，第一組「展露笑容」的受測者，平均認為漫畫「有趣」的比例較高。由此推論，在我們無意識之中，只要透過保持面部笑容，大腦也會產生愉快的情緒，令原本中性的事情也變得相對正面(Strack, Martin & Stepper, 1988)。其後更有腦部研究發現，當我們露出微笑時，大腦就會分泌血清素、多巴胺及腦內啡這三種能產生快樂的激素。有「快樂荷爾蒙」之稱的血清素可以讓人感到放鬆，安逸心靈；多巴胺則有讓人心態變得積極、提高動力及集中力的作用；而腦內啡則為我們帶來幸福感。綜合而言，笑容有助我們釋放壓力，並能讓心情變得愉快(Yim, 2016)。所以，當面容被口罩隱藏而不再需要露出社交微笑，根據上述推論，我們的心情便可能會受到影響。

快樂是一種傳染病

更甚的是，近年的研究亦證實了笑容會傳染的可能性。簡單來說，就是當我們看見別人在笑，自己也會受到感染而心情變好。倫敦大學認知神經學學者指出，當我們聽見別人的笑聲時，大腦掌管情緒的前運動皮質區(Premotor Cortical Region)會變得活躍，相應的臉部肌肉會也受到刺激，令我們更容易笑出來(Scott, Lavan, Chen & McGettigan, 2014)。與此同時，人與人之間的情緒亦會互相感染。這是由於我們的大腦中有一種叫做鏡像神經元(Mirror Neurons)的神經細胞，會促使我們在看到別人的行為之後，模仿對方的行為。就好像當我們見到別人傷心痛哭時，鏡像神經元就會被激發，讓我們也有一刻鼻酸的感覺，形成一種與他人產生情感上的共鳴且感同身受的狀態(Lacoboni, 2009)。因此，當人與人之間的情感能互通，便有助彼此進行社交互動，亦能將快樂的情緒如漣漪般擴散開去。然而在疫情之下，當每一個人的面孔都被口罩遮蓋時，自然便失去了這種天然的快樂傳染劑，逐漸令社會失去了一種正向的人際互動。

所以說，既然現時疫情漸趨穩定，而大部分防疫政策亦已經放寬，大家還不趕快向身邊的人發放一個大大的笑容，香港在未來一年的幸福快樂指數，便依靠大家了！

參考資料：

Berk, L., Cavalcanti, P., & Bains, G. (2012). EEG brain wave band differentiation during a eustress state of humor associated mirthful laughter compared to a distress state.

Martin, R. A. (2002). Is laughter the best medicine? Humor, laughter, and physical health. *Current Directions in Psychological Science*,11(6), 216-220.

Provine, R. R. (2004). Laughing, Tickling, and the Evolution of Speech and Self. *Current Directions in Psychological Science*, 13(6), 215–218. https://doi.org/10.1111/j.0963-7214.2004.00311.x

Savage, B. M., Lujan, H. L., Thipparthi, R. R., & DiCarlo, S. E. (2017). Humor, laughter, learning, and health! *A brief review*. Advances in physiology education.

Scott, S. K., Lavan, N., Chen, S., & McGettigan, C. (2014). The social life of laughter. Trends in Cognitive Sciences, 18(12), 618–620. https://doi.org/10.1016/j.tics.2014.09.002

Wild, B., Rodden, F. A., Grodd, W., & Ruch, W. (2003). Neural correlates of laughter and humour. *Brain :A Journal of Neurology*, 126(Pt 10), 2121–2138

Yim, J. (2016). Therapeutic benefits of laughter in mental health: a theoretical review. *The Tohoku journal of experimental medicine*, 239(3), 243-249.

8.2

城市裡的
慢性抑鬱

心很累。

也忘了從多久以前開始，整個人都提不起勁。早上不想起床工作，吃早餐時老是覺得胸悶；當搭上巴士，偶然望出窗外，就突然有一種想哭的衝動。

我不知道自己是怎麼了。

想一想，公司還是老樣子，人事沒變動；工作壓力應該沒增加吧？這點，我也不太確定。家庭，本來就一個未婚中年人，沒甚麼好說。星期一至五就是朝九晚六，閒時加班；工餘沒甚麼興趣，以往總愛約朋友吃飯，閒聊一晚就各自回家，生活既單調，又規律。但現在，甚麼都不想做，甚麼都不想理，電話內的海量信息，全都已讀不回。沒甚麼原因，就是不想回覆。

説不上有甚麼特別壓力觸發點，就只是逐漸覺得，生活漫無目的，不知道自己是誰，也不知道活著為了些甚麼。三十多歲人，卻仍然找不著生命的重心。恍如浮萍，於湖中茫然飄泊。説不上有甚麼不好，但卻也沒甚麼好。

這種沒有根、沒有落腳點的感覺，你懂嗎？

然後，就問自己，三十多歲人一事無成，從來沒成功過甚麼，也沒為自己爭取過甚麼；作為人的價值，到底又是甚麼？有時候，會想到死，就姑且結束這段毫無意義的人生吧！但每當想起年邁的父母，六十多歲要「白頭人送黑頭人」，實在極為不孝。更何況，死還需要勇氣，我連這一丁點勇氣也沒有。

最近在網上做了一個甚麼抑鬱測試，填了好幾條問題，結果出來説「初步顯示可能患上抑鬱症，建議盡快向專業人士尋求評估」。

這結果究竟算是甚麼？甚麼抑鬱症？

我真的病了麼？

沒病不等於「健康」

要清楚理解甚麼是精神疾病和心理健康，我們便先要釐清「疾病」及「健康」這兩個概念。於醫學層面而論，「疾病」一般是指當人體的器官、機能或結構基於某一些因素而出現異常變化，繼而出現各種不同的徵狀或能力喪失。但值得留意的是，正如世界衛生組織於1948年指出，「健康」並不等於單單「沒有疾病」，而是一個人於生理、精神及社交這三個層面上，都達至一個和諧的狀態，這才是「健康」。因此，即此我們沒有患上「疾病」，也不等於我們「健康」。而按照剛才對「疾病」的定義，疾病的出現是關乎某些器官或機能的異常，那精神疾病所牽涉的器官便是我們的腦部(Brain)，而相關的機能便是指大腦活動的表現，即是一個人的心理或精神(Mind)了。因此，當大腦某個部分受損，從以導致大腦機能異常，不管是認知功能、情緒、思想、行為、生理功能及感官的異常，而這些異常明顯地為當事人在生活上帶來負面影響或造成困擾，便有機會被定義為精神疾病了。

過半受訪港人　精神健康指數不合格

根據《香港精神健康調查2010-2013》所記錄較早期的統計數

字得知，本港年齡介乎16至75歲的成年人當中，一般精神疾病的患病率為13.3%，即約七名香港人中便有一名在一生之中會經歷常見的精神疾病（Lam et al., 2015）。報告亦指出，本港最常見的精神疾病為混合焦慮抑鬱症，其次是廣泛性焦慮症、抑鬱症及其他類型的焦慮症。

不過，正如剛才所言，即使沒有「生病」，也不等於我們「健康」。根據「世界衛生組織五項身心健康指標（WHO-5）（1998年版）」調查結果顯示，香港人的精神健康指數平均分由2018年開始，一直處於不合格的水平。精神健康指數沿用的參考標準界定精神健康狀況為可接受水平是介乎52到68分之間，而72分或以上便代表精神健康狀況良好。香港人於2022年的精神健康指數平均分為47.64分，狀似還有一段距離才到達可接受的水平。當中，有過半數調查對象的精神健康指數不合格，三成半受訪者的指數屬於可接受水平，然而只有少於一成人的精神健康狀態為良好。調查亦發現年齡介乎35至54歲的中年人、教育水平較高、離婚/分居或只有自己染疫的調查對象，他們的精神健康指數明顯較其他香港人差。

男性、教育程度低者　求助率較低

縱使香港人的精神和心理健康狀態並不理想，而患有精神疾病的市民數字也不少，但以往的研究發現只有不足三成有需要的市民在過去一年曾向精神健康服務求助(Lam et al., 2015)。而當中影響求助意慾的個人因素主要包括性別——男性的求助意慾往往比女性較低；而教育程度較低的人士亦相對較少求助(Lam et al., 2015)。我們也不能忽視香港現存的社會因素導致市民精神及心理困擾的求助率偏低。

除了在之前的章節有所提及的香港高壓職場文化及工時過長外，還有兩個值得我們留意及反思的社會因素，包括香港社會對精神疾病的污名化及誤解，以及本港的專業精神健康支援及資源缺乏。究竟精神疾病的污名化是甚麼，又如何影響香港人的求助意慾；而香港現時的精神健康支援系統又出現了甚麼弊病，導致資源未能好好分配、善用呢？

在接下來的章節，將為大家分析一下。

參考資料:

Lam LC, Wong CS, Wang MJ, et al. (2015). Prevalence, psychosocial correlates and service utilisation of depressive and anxiety disorders in Hong Kong: the Hong Kong Mental Morbidity Survey (HKMMS). Soc Psychiatry Psychiatr Epidemiol

8.3

沉默的
病人

門關了，他頹然而坐。腦內那些可恨的聲音又來了，他掩著耳朵，張大口，面容痛苦扭曲，無聲吶喊，卻依然沒有聲音吐出來。

不能讓他們知道。

絕對不能讓他們知道。

那些惡毒又狡猾的話語，無數具羞辱性、讓人難堪的句子，最愛攻擊他內心最脆弱的一處。他防不勝防，不堪一擊，輸得一敗塗地。以往也嘗試過跟它們爭辯，吵得面紅耳赤，令旁人側目。他知道這不對勁，但也不想輸，不能連這一點尊嚴也捍衛不了。

也忘了由哪時開始，他漸漸發覺同事有意無意間避開他，以往總愛找他閒聊「吹水」的那一群早已不見蹤影。是它們嗎？是因為它們隨處散播謠言，令別人都懼怕了嗎？

但沒可能，醫生說那些都是徵狀。

他低聲喃喃自語，妄想在凌亂的腦海中尋找到一個答案。到底是甚麼地方出錯了？是由阿靜返回娘家開始嗎？還是因為經理的位置被阿華搶去？那些邪惡的聲音，總愛不厭其煩地將他的失敗一遍又一遍地訴說，彷彿他是如此的不濟，如一件垃圾、如一坨發臭腐爛的肉一樣毫無價值。

有時侯，他寧願閉上眼睛默默地死去，就讓肉身於寂默中敗壞，回歸塵土，也不願再張開眼睛，看一眼這個荒唐怪誕的世界。

沒有人知道他的痛苦。也沒有人會相信，更沒有人會伸出援手。

他熟悉抑鬱症，也知道甚麼是思覺失調，而且香港政府近年的宣傳也算是不賴了。他所不知道的是，原來生病了是那麼的痛苦、原來生病了是那麼的無助。

他病了。但絕對不能讓任何人知道。

砰砰～
「喂，阿雄你在廁格好耐了，老闆找你開會。」
「來了。」推開門，戴上面具，竭盡全力讓一切歸位。

精神疾病污名化的三大因素

一直以來，精神疾病污名化都是一個非常複雜的議題，涉及不同文化背景及當時的社會心理和經濟因素。有學者提出，影響大眾對精神疾病污名態度主要有三個不同的因素，包括對精神疾病的負面及刻板印象、對精神健康服務的使用者抱有一個責備的態度，以及認為患有精神疾病是沒法康復的（Wood, 2014）。而這三個因素對不同的精神疾病也有不同的影響。就精神分裂症來說，其負面及刻板印象相對抑鬱和焦慮症較高，而康復程度亦較低，不過患者受責備的程度亦較少。

2021年Mind HK委託了社會政策研究（SPR）有限公司進行了一項調查，嘗試收集本地數據以了解香港精神疾病污名化的現象。調查結果顯示，當中兩成的受訪者表示他們不願意與經歷精神健康問題的人一起工作；接近兩成的受訪者則表示他們不願意與經歷精神健康問題的人成為朋友；同時亦有近五成的受訪者表示他們不願意與精神病患者成為鄰居；更有近一半人相信導致精神疾病的主因是缺乏自律和意志力。由此可見，精神疾病污名化其中一個主因是源於對疾病及患者的誤解，從而產生非理性的恐懼。而這些恐懼往往阻礙了人們與患有精神疾病的人交流及建立關係，因而更加無法消除對精神疾病的錯誤觀念或歧見。同時，大眾傳播媒體對精神疾病的描繪亦影響著公眾對之的印象。即使社會大眾對精神疾病於知識層面上有所提升，但倘若媒體仍然慣常以負面、刻板的方式來描繪有精神健康問題的人士，廣大民眾的看法亦有機會隨之受影響(Chiu & Chan, 2007)。

被歧視或會加強精神分裂症狀

Mind HK的調查亦發現，近六成曾被確診精神疾病的受訪者從未向任何人透露自己的病情，其中最大原因是害怕遭受他人歧視。因為害怕被歧視，所以不敢求助的態度，將會大大影響精神病患者使用復康服務的信心及他們的康復進展(Sickel, Seacat &Nabors, 2016)。就以抑鬱症為例，公眾對抑鬱症的歧視令患者公開自己的患病經歷意願減低，進一步妨礙他們尋找協助及減低接受治療的動機，長遠有礙患者參與群體及融入社會(Lasalvia et al, 2013)，更會影響他們的精神疾病徵狀。有研究指出，負面的歧視有機會增加精神分裂症的陽性症狀，如妄想、幻覺等，同時亦會增加陰性症狀，令患者變得更退縮、表情麻木等(Kowchorke, 2014)。

總括而言，精神疾病污名化不但於個人層面上影響病患者的康復進程，於社會層面上長遠亦加重了醫療負擔。隨著精神及心理疾病在城市中愈來愈普遍，市民大眾都必須正視這個沉重的課題。除了社會需繼續加強推廣有關精神疾病的正確資訊，同時亦要一改以往媒體刻畫對精神疾病的刻板、負面形象，以減低大眾對精神疾病的誤解及不理性的恐懼。同時，為了應對公眾對精神疾病的污名，社會及政策層面的配合及轉變也非常重要，這便有關整個精神健康醫療系統及相關資源分配的政策了。

參考資料：

Chiu, M., & Chan, K. (2007, March). Community Attitudes towards DIscriminatory Practice Against People with Severe Mental Illness in Hong Kong. I*nternational Journal of Social Psychiatry*.

Lasalvia, A., Zoppei, S., Van Bortel, T., Bonetto, C., Cristofalo, D., Wahlbeck, K., ...ASPEN/INDIGO Study Group (2013). Global pattern of experienced and anticipated discrimination reported by people with major depressive disorder: A cross-sectional survey. *Lancet*, 381, 55-62.

Wood, L., Birtel, M., Alsawy, S., Pyle, M., & Morrison, A. (2014). Public perceptions of stigma towards people with schizophrenia, depression, and anxiety. *Psychiatry Research*, 220, 604-608.

Sickel, A. E., Seacat, J. D., & Nabors, N. A. (2016). Mental health stigma: Impact on mental health treatment attitudes and physical health. *Journal of Health Psychology*, 1-14.

HEADROOM 442M
442

8.4

精神病患面對的求助兩難

———

由那時開始，每當想到又要去那個地方，心裡就如蒙上了一片陰霾。

半夜夢迴，總會回到那道白色的長走廊，一張又一張木無表情的臉，一個又一個數字，那簡短沒有溫度的對話，最後換來一包又一包七彩繽紛的小藥丸，以及那數個月之後的約期紙。

其實不怪醫生，也不怪護士。輪候的人這麼多，有需要的人那麼多，他們根本應付不來，那並不是他們的錯。很多時候，醫生、姑娘的面孔很難記住，每覆診兩、三遍就換一轉，怕是記性再好也記不住他們的姓氏。也有些時候，偶然會得到一點溫柔、一點關懷，即使再珍而重之，但下次，那個人又會突然離開。所以，已經習慣了不再付出真心，不再奢求得到理解，就儘管把一切化作例行公事，大家心裡也好過。

曾經試過狀態很糟，忍不住打了電話求救，抱著姑且一試的態度。結果，當然不會有任何結果。也許狀態未夠壞，稱不上緊急吧。他們說，假如真的非常緊急，就去急症室吧。

見鬼了，急症室，誰會去？

精神健康服務真的有很多，但每個都有各自的限制。私人服務選擇也很多，只是經濟無力不勝負荷。我這種人，能往何處？

結果，就靠四罐啤酒、兩包香煙陪我入睡，明早睡醒了，又是一條好漢。

患病了，卻在制度下浮游，即使出盡全力也無法找得到落腳點。真的不怪誰，大家都只不過是制度下的一個小不點，輕如微塵，無足輕重。

公營服務的不勝負荷

現時香港的精神健康公共服務主要由政府資助，由醫療、社區及教育三個層面入手。醫療服務包括由醫院管理局精神科專科提供的住院服務、專科門診、日間復康訓練及社區精神科服務。而於社區層面，則由社會福利署及其他非政府機構提供不同的社會復康服務，例如社區精神健康照顧服務、日間社區康復服務、住宿服務，或其他評估、治療及訓練服務。至於教育層面，香港衞生署亦有提供精神健康教育，以及為兒童和青少年發展及精神健康評估，近年更推出「醫教社同心協作計劃」，透過跨專業平台，加強醫療、教育及社會福利界別之間的跨界別協調及合作，為有精神健康需要的學生於學校提供評估及支援。

儘管政府於精神健康服務投放了更多資源，但隨著社會對公共醫療服務的需求日益增加，直至目前為止與供應依然存在一個極大的距離。就以在醫管局接受診治的精神病患者人數來説，由2016/17年度約24.9萬人增至2020/21年度逾27.2萬人，四年間上升了一成。而精神科專科門診診所的求診人次，亦由2016/17年度約85.9萬人次增至2020/21年度逾91.7萬人次。反觀醫療專業人手方面，在醫管局轄下精神科工作的精神科醫生在2020/21只有390名，而臨床心理學家就只有105名。實在難以想象數百名的醫生及心理學家，如何應付多達30萬人的需求。根據世界衞生組織的建議，每10萬人應該有10名精神科醫生，相較香港早前的統計數字，反映出香港每10萬人只有約4.5名精神科醫生，明顯有一個很大的落差。

私人市場的高昂收費

2021/2022年度，醫管局預留了約1.56億元額外撥款以應付不同年齡組別對醫院及社區精神科服務所增加的需求，新措施包括於港島東及九龍中兩個聯網分階段發展兒童及青少年精神科、增加人手將「醫教社同心協作計劃」推展至更多學校、增加個案經理以加強社區精神科服務及精神科住院服務等多項措施。但是由於近年隨著移民潮人才流失，仍然在醫管局轄下精神科工作的專業人士只會愈來愈少。更甚的是，粗略估計本港約有三分之一的精神科醫生及臨床心理學家為私人執業，而一般私人市場服務收費相對昂貴，動輒也要兩千多元至幾千元一次，但不少精神疾病需要長期跟進，所以原本於私人市場求助的病人，在沒有醫療保險或資源不足的狀況下，往往會轉用醫管局的精神科服務，令公共醫療服務的負荷百上加斤。

不難想像由於人手不足，2021/2022年度公立醫院精神科約診新症的輪候時間(中位數)要超過一年，最長甚至要兩年之久。而且，每次診症時間亦非常有限，很多時都只有5至15分鐘，這種匆忙的診症模式令要建立良好的治療互信關係更為困難。再加上公立醫院需要兼顧訓練專科醫生的責任，不少病人的主診醫生需定期調換，這樣的安排只會令精神健康服務的持續性更受影響。承接上一篇所提及的精神疾病污名化與求助動機，現行的服務制度令服務使用者無法得到妥善的支援，結果令求助意慾大大減少，變相令很多問題不斷抑壓，最後亦只會令社會賠上更沉重的代價。

誠然，精神健康醫療服務的問題絕對不是一時三刻可以簡單解決的事情，當中涉及很多資源分配、公共政策、人才訓練、社會意識形態等不同因素。這裡未能亦無法提供一個簡單、快捷，而且有效的解決方法。不過，儘管我們無法即時改變制度上的弊處，但至少我們可以先由自身開始，嘗試向身邊有需要的人釋放善意。要知道，對很多有精神或情緒困擾的人來說，人際支援網絡是一個非常重要的保護因素，亦是對抗污名化的一種極大力量。

最後，希望大家都可以成為別人的同行者，為促進香港社會的精神健康狀態出一分力。

香港失落的一角——
那些我們更要懂的在地心理學

作　　者　梁重皿、馮曉青
攝　　影　林曉敏
責任編輯　Yannes
書籍設計　五十人

在世界中哼唱，留下文字迴響。

出　　版　蜂鳥出版有限公司
電　　郵　hello@hummingpublishing.com
網　　址　www.hummingpublishing.com
臉　　書　www.facebook.com/humming.publishing/

發　　行　泛華發行代理有限公司
圖書分類　①心理學　②社會文化
初版一刷　2024 年 7 月

定　　價　港幣 HK$138　新台幣 NT$690
國際書號　978-988-79923-3-2